COBALT-SERIES

イノシシ令嬢と不憫な魔王

目指せ、婚約破棄!

秋杜フユ

集英社

Contents
目次

イノシシ令嬢と不憫な魔王

目指せ、婚約破棄！

The Characters
登場人物紹介

クロエ
宰相を祖父に持つ、侯爵家令嬢。令嬢らしからぬ気質の女騎士。

デメトリ
クロエの従兄で、アルセニオスの側近。

アルセニオス
二年前、悪政をしいた前王を
廃して王位に即いた。
もともと名家の生まれで、
元騎士団長補佐。

ヨルゴス
クロエとデメトリの祖父。
隠居していたが、
アルセニオスに乞われて宰相に。

イラスト／サカノ景子

イノシシ令嬢と不憫な魔王

目指せ、婚約破棄！

第一章　仮婚約しましょう、陛下。

宰相《さいしょう》を多数輩出《はいしゅつ》するヘッケルト侯爵家の令嬢、クロエはとても風変わりな令嬢である。

世間一般の女の子が人形遊びを好むのに対し、クロエは屋敷の庭で木登りに興じた。ただ登るだけではない。木から木へ飛び移る様は、まさに猿。

おとぎ話を読んであこがれるのは、お姫様ではなく王子様に付き従う騎士。ぬいぐるみを抱きしめるよりも馬にまたがって野を駆けるほうが好きだった。

食べるなら色とりどりのお菓子よりも断然肉。たくましい身体《からだ》を作りたいと努力した結果ではなく、純粋な食の好みなのだから始末に負えない。さらには、同じ年頃の貴族令嬢とおしゃべりはあまりせず、兄や弟と剣で語り合ってばかりいた。

娘の将来を心配した両親がなんとか軌道修正できないかと手を尽くしてみたものの、上っ面《うわつら》を繕《つくろ》うだけでクロエの本質は変わらなかった。

結局、クロエは祖父ヨルゴスの取りなしで女騎士の道へ進み、数年経ったいまでは正真正銘《しょうしんしょう》銘《めい》の実力で現宰相ヨルゴスの護衛という地位を手に入れていた。

騎士としては順調だが貴族令嬢としては絶望的な人生を邁進《まいしん》するクロエに、ある日、従兄《いとこ》であり現ルルディ国王アルセニオスの側近を務めるデメトリが言った。

「あなたに、国王陛下と婚約をしていただきたいのです」

頬《ほお》にかかる焦げ茶の髪を軽く払いながら告げられた言葉を、クロエはまず聞き間違いだと思った。だから確認した。

「……こんにゃくですか？」

「いえ、婚約です」

たしか海を越えた異国の特産品だったはず、と考えながらの問いかけに、すぐさま訂正《ていせい》が入る。しかも、「ちょっと港町まで馬でひとっ走りして手に入れてこい。などというくだらない命令ではありません」と、クロエの頭の中をのぞいたかのような的確なつっこみが続いた。

クロエはふっくらとした赤い唇をとがらせる。

「こんにゃくはとても身体によい食材です。それを手に入れることはくだらないことではありません」

「こんにゃくの有用性は認めます。ですからもうその話題から離れてください」

ずれた反論にもデメトリは冷静に対処し、話題の軌道修正を図った。

こんにゃくの名誉回復はできたものの、クロエは難しい表情のまま首を傾《かし》げ、無造作《むぞうさ》にひとまとめにしたシャンパンカラーの髪を揺らす。

久しく連絡を取っていなかったのに、突然城の私室へ呼び出されたときからおかしいとは思っていた。しかしまさか、国王陛下と婚約しろなどとのたまうとは。

「どうして私なのですか？　救国の英雄と名高い陛下の妃《きさき》なら、他にもっとふさわしいご令嬢がいらっしゃるはずです」

「まったくもってその通りです。が、いろいろな事情が重なりまして、あなた以外適任者がいないのです」

「事情？」

クロエは眉《まゆ》をひそめてデメトリをにらむ。その通りだと同意されたことに腹を立てているのではない。むしろ国王の婚約者として不適格だとわかっているならどうしてこんな話を持ち出してくるのか——といぶかしんでいた。

まったく自慢にならないが、クロエは社交が大の苦手だった。いわゆる腹芸というものができないのだ。

いつだったか出席した夜会で、とある令嬢に「すてきなドレスですわね。さすがヘッケルト侯爵家。さぞや腕のいい職人に作らせたのでしょう」と言われたことがあった。クロエはバカ正直に「ありがとうございます」と答えたあと、「私はドレスに興味がありませんので、家の者にすべて任せたのです。私のようながさつな人間に、このような淡く優しい色は似合わないと思っておりましたが、同じ色を可憐《かれん》に着こなすあなたに褒《ほ》めてもらえて、光栄です」と答えたところ、令嬢は「か、可憐っ……」と顔を真っ赤に染めて会場から辞してしまった。

あとから他の令嬢が教えてくれたが、彼女の言葉は賞賛などではなく、自分と同じ色を纏《まと》うクロエへの嫌みだったらしい。だというのに、クロエが素直に感謝を述べたものだから、恥《はじ》をかかされたと思ったのだろう。それこそ、会場に留まっていられないほどに。

周りは気にする必要はないと慰《なぐさ》めてくれたが、クロエはその日以来夜会に参加するのはやめた。どう考えても向いていないと思ったからだ。

そんなふうに社交も満足にできず、いまだって甲冑《かっちゅう》こそ着ていないもののドレスではなく騎士服を纏う自分が、女性の頂点たる王妃に推挙《すいきょ》される事情など――ちっとも思いつかない。

どんな事情か問い詰めようと口を開いたとき、背後から「私が詳しく説明しよう」と声がかかった。しわがれた声を聞いて、脳裏《のうり》にある人物の顔が浮かぶ。振り返れば、口元が隠れるほど立派な白ひげをはやす老人――ヨルゴスが部屋に入ってきた。

ヨルゴスはクロエとデメトリの祖父だ。二代前の王が突然逝去《せいきょ》した当時、宰相の地位にあったヨルゴスは、王位についた前王によって解任され、領地に追いやられた。しかし、爵位を息子であるクロエの父に譲《ゆず》って隠居《いんきょ》していたところを、新王となったアルセニオスが王都へ呼び戻し、現在は宰相として若き王を補佐している。彼の護衛であるクロエも、当然のことながら王都へやってきた。

いまの時間はアルセニオスとともに執務室で書類仕事に追われているはずだ。いくらここが王城の一室とはいえ、まさか仕事を放って現れるとは思わず、クロエは目を丸くした。

ヨルゴスは戸惑うクロエの眉間《みけん》に刻まれたしわを見て、ひげをなでながら苦笑を漏《も》らした。

「今回の婚約話はのう、私が提案したのだ」

「おじいさまが!?」

クロエが声をあげると、背後に立つデメトリがわざとらしく両手で耳を押さえた。自分でもうるさいと思ったが、仕方がない。

なぜなら、貴族令嬢としてうまく生きられずに悩むクロエへ、騎士という道を示してくれたのは他ならぬヨルゴスだからだ。

自分を無理に偽って生きる必要はない。クロエにはクロエのいいところがある。

そう言ってくれたヨルゴスが、政略結婚を押しつけてくるなんて、あり得ない。

クロエは若干《じゃっかん》前屈みになっていた姿勢を正し、まっすぐにヨルゴスを見据えた。

「おじいさま、なにかよんどころない理由があるのだろうと憶測します。もう否《いな》やは申しませんから、きちんと説明してくださいませ」

宰相の地位まで上り詰めたヨルゴスに、さらなる高みを望む野心はない。ゆえに、王家とのつながりのためだけに、騎士の道を志《こころざ》すクロエの努力を無駄にしたりしない。もちろん、娘をヨルゴスに預けた両親も政略結婚――よもや王妃に――など考えていないだろう。

本当に、のっぴきならない事態に陥《おちい》ったからこそ、それを打破するために自分へ白羽《しらは》の矢が立ったに違いない。

クロエの態度の変化を見たヨルゴスは満足そうにうなずいた。

「アルセニオス陛下が王位を継いだことで、この国を蝕《むしば》んでいた癌《がん》は排除《はいじょ》された。しかし、いまだ国内が安定した訳ではない。それはわかるな？」

ヨルゴスの問いに、クロエは黙ってうなずく。

アルセニオスがルルディ国王となったのは二年ほど前。しかし、前王から王位を引き継いだのではない。奪い取ったのだ。

前王はどうしようもない愚王《ぐおう》だった。一部の貴族たちと権力を独占、私物化し、欲望のままに国庫を使った。国民たちは重い税に苦しみ、そこへ食糧危機まで襲いかかった。その日の食事すらままならない状況でなお行われる増税に、皆が希望をなくす中、当時騎士団長補佐だったアルセニオスが立ちあがった。

打ち鳴らされた革命の鐘は瞬く間にルルディ全土へ響き渡り、前ルルディ王家は滅ぼされ、アルセニオスが新王となった。

彼はまさに救国の英雄であるが、敵がいないわけではない。王家だけでなく、前王におもねった貴族たちも容赦《ようしゃ》なく粛清《しゅくせい》したため、恨みを抱いているものも少なからず存在した。

「当初は、国が安定してから王妃を選定するつもりだったが、貴族たちの牽制《けんせい》合戦が激しくてのう。まだまだ情勢が不安定なこの状況で、貴族間の不和はなるべく招きたくない」

「私が婚約したところで、対立は止められないのでは？」

宰相の孫であるクロエが婚約者になれば、ヘッケルト家に権力が集中しすぎるのを懸念《けねん》して、むしろ貴族たちは反発するのではないだろうか。

「お前の考えは正しい。だがな、ばらばらな集団をひとつにまとめる簡単な方法があるのだ」

そう言って、ヨルゴスは暗く微笑《ほほえ》む。

「共通の敵を作ればいい。そうすれば奴らはいとも簡単に手を取り合うだろう」

「つまり、私に生《い》け贄《にえ》になれと？」

「そうだ。他家の令嬢を養女にして婚約者に仕立て上げてもよかったのだが、信頼に足る令嬢を選別する時間が惜《お》しい。それに、どんな危険があるかわからない。しかし、お前ならその心配はない」

ヨルゴスの言うとおり、現宰相が当主を務めるヘッケルト侯爵家の令嬢であれば、血筋の面でも、後ろ盾という意味でも、表立って反対はできないだろう。また、礼儀作法《れいぎさほう》といった教養もたたき込まれている。騎士としての実力があれば、万が一なにか危機的状況に陥ったとしても自分の力で対処できるだろうし、アルセニオスを守る盾にもなれるはずだ。

納得できたし、先ほど宣言した手前断るつもりもない。しかし――

「不満そうだな？」

クロエの表情を見たヨルゴスに問いかけられる。疑問の形をとっているものの、確信しているのは明らかだったので、遠慮《えんりょ》なく答えることにした。

「陛下の婚約者になることに、否やはありません。ただ、その先に待っている未来を思うと憂《ゆう》鬱《うつ》です」

クロエは社交が苦手だ。そして、女性らしくおしとやかに過ごすことも性《しょう》に合わない。着飾ってお茶とお菓子に舌鼓《したつづみ》を打ち、おしゃべりを楽しむより、剣を振り、馬にまたがって野を駆けるほうがずっとずっと有意義に感じる。

王妃という立場がどれだけ尊《とうと》いものだろうと、まったく心惹《ひ》かれないのである。

この国の頂点に立つアルセニオスとの婚約に魅力を感じないなど、不敬《ふけい》だと責められそうなものだが、ヨルゴスもデメトリもクロエという人物を正しく理解していたため、わかっているとばかりに大きくうなずいた。

「今回のお話は、あなたにとっても悪くない話なのです。なぜなら、今回の婚約は仮初《かりそ》めのものだから」

「仮初め？　嘘ということですか？」

「嘘ではありません。あなたには正式な婚約者として日々を過ごしてもらいます。ですが、それは期間限定です」

「最初に言ったとおり、国内が安定してからふさわしい令嬢を選定する予定だ。つまり、お前にはそれまでのつなぎとして、陛下と婚約してもらう」

「つまり……しかるべき時期が来れば、この婚約は破棄《はき》されると？」

「その通りです。そして、ここからが本題です。さて、王家との婚約が破棄された令嬢には、どのような未来が待ち構えていると思いますか？」

デメトリに問いかけられ、クロエは想像してみる。

王家との婚約を破棄される。すなわち、王家の不興を買ったということ。そんな令嬢に、次なる縁談などあるはずがない。

そこまで考えて、クロエは目を輝かせる。すると、見つめ合うデメトリがもう一度大きくうなずいた。

「このたびの婚約が無事破棄された暁《あかつき》には、あなたは貴族との結婚を望めなくなるでしょう」

「やります！　やります！　ええ喜んで。是非《ぜひ》ともやらせてくださいませ！」

即答だった。それだけでなくデメトリとの距離を詰め、挙手までしてしまう。

あまりの食いつきっぷりに、デメトリは「あなたという人は……」と頭を抱えた。気持ちはわかるが、こちらも必死なのである。

クロエはもう二度と貴族令嬢に戻るつもりはない。一生を騎士として生きていきたいのだ。

となると最大の障害は貴族に必須《ひっす》の政略結婚である。

いくら理解ある家族を持ったとはいえ、政情次第で結婚せざるを得ない状況になるかもしれない。

貴族に生まれた以上、一生つきまとってくるのだろうと思っていた問題が解決できるのならば、やるしかない。

もちろん、今回の婚約は貴族たちをひとつにまとめるための生け贄であると理解している。貴族たちがどんな手段を使って、クロエを婚約者の地位から引きずり下ろそうとするのかわからない以上、多少の危険は覚悟しておくべきだろう。

だが、その危険を冒してでも、受ける価値がある！

「国王陛下との仮婚約、喜んでお引き受けさせていただきます！」

クロエは高らかに宣言したのだった。

承諾《しょうだく》したところでさっそくアルセニオスと顔合わせをしようという話になり、クロエは急《きゅう》遽《きょ》騎士服からドレスへ着替えることになった。

別室で控えていた侍女《じじょ》たちが逃がさないとばかりにクロエを取り囲み、騎士服を引っぺがして淡い桃色のドレスを着付ける。ひとまとめにしていた髪は顔周りを編み込んでハーフアップにし、おろした毛先は優雅に巻いた。華美になりすぎない程度に装飾品を着け、入念に顔を作り込んでいく。

数人がかりで身支度《みじたく》を調えられるなんて、女騎士を志して実家を出て以来、久しぶりのことだった。

まだ実家で暮らしていたころ、令嬢らしからぬ格好ばかりするクロエがたまの夜会に参加するときなど、いかに美しく変身させようかと、侍女たちが並々ならぬ情熱を燃やして手を尽くしていた。最善の方法を頭の中で考えているのか、彼女たちの瞳はどれもらんらんと輝いていて、まるで着せ替え人形に興じる幼子のようだと思ったものだ。そして——いまも思う。

文句を言おうが抵抗しようが侍女たちが満足するまで解放されない。彼女たちの美の探求心がどれほどすさまじいか、令嬢時代にいやと言うほど理解させられたクロエは、おとなしく嵐が過ぎ去るのを待った。そして、無事自由を得てデメトリの私室へ戻ると、待っていた彼は神経質そうな灰色の瞳を丸くした。

「あなたは相変わらず化けますね。侍女たちもさぞ飾り甲斐《がい》があったでしょう」

「ありがとうございます。そう言っていただけて、侍女たちもさぞ喜ぶでしょう」

「……あなたは、どうしてそう素直に受け止めるんでしょうか」

「普段、私が化粧《けしょう》をしないのは事実ですので」

デメトリは額を押さえ、低くうなる。

「なんだか不安になってきました。いくら腕が立つといっても、狸や狐を相手にするのですよ」

「不思議なことにのう。毒気が抜かれるのか、嫌味を言ってきた相手にまでことごとく気に入られる。令嬢たちからの人気を知っているだろう」

遠い目をしてヨルゴスが告げると、デメトリも半笑いを浮かべた。

「あぁ……『夢百合草《ゆめゆりそう》の君』ですね。彼女が社交界を去ると決めたときの令嬢たちの嘆《なげ》きといったら……」

「デメトリ様、お疲れなのですか？　哀愁《あいしゅう》が漂っていますよ」

「哀愁とか言わないでもらえますか。なんだかどっと老けこんだ気がします」

「ふふふっ、デメトリ様は冗談がお好きなのですね。あなたのように情熱を持って職務を全《まっと》うする方が老けこむなどと」

「どうしてそこで冗談だと思うのですか!?　というか、情熱って…………くっ、さっさと陛下のもとへ行きますよ！」

デメトリはまくし立てると、クロエがなにか答える前に背を向けて部屋を出て行った。顔が赤くなっていたように見えたが、もしや体調が悪いのだろうか。心配していると、ヨルゴスが「ほっほっほっ。心配ない、心配ない」と笑ってあとに続いてしまった。

よくわからないが、ヨルゴスが気にするなというなら大丈夫なのだろう。クロエも部屋を出る。

廊下《ろうか》では、すでにすまし顔に戻ったデメトリと、どことなくご機嫌なヨルゴスが待っていた。

「……なにかありました?」と問いかけてみたものの、ふたりとも明確な答えを口にしないまま歩きだしてしまった。

ルルディの王城は、とても質素だ。

歴史の古さを感じさせる黄ばんだ石壁。ぴかぴかに磨《みが》かれた木製の床には、真紅のカーペットが敷いてある。高い天井からつり下がるシャンデリアは豪奢《ごうしゃ》なのに、廊下には装飾品が一切ない。

二年ほど前まで、この城は絵に描いたような絢爛豪華《けんらんごうか》さだったらしい。そう、アルセニオスが王位を奪い取るまでは。

王都を掌握《しょうあく》したアルセニオスは、すぐさま前王の享楽《きょうらく》の証《あかし》である装飾品を処分し、手に入れた資金を使って困窮《こんきゅう》する国民の救済や治安の回復、今後の飢饉《ききん》対策のための資金にまわした。周辺諸国から協力を取りつけた手腕も見事だったと言われている。

そういった経緯から、国民にとってまさに救世主と呼べるアルセニオスの執務室は、やはりとても慎《つつ》ましやかだった。

床には元々敷き詰めてあった焦げ茶の絨毯《じゅうたん》のみ。壁にはなにも掛けられておらず、美術品のたぐいもひとつもなかった。

　ただ、国王が過ごす部屋であるから、執務机やソファなどの家具は王が使うにふさわしい重厚な造りをしており、かつ、綿密な彫りが施《ほどこ》された一等品だった。歴代の王が使ってきたものなのだろう。

　その、古きものだけが醸《かも》し出す深みを纏《まと》う執務机に向かい、黙々と書類にサインをしている人物こそ、救国の英雄王アルセニオスだ。

　まるで獅子のたてがみのように雄々《おお》しい赤みがかった髪、手元を見つめている深緑の瞳には夕焼け色のまつげがかかっていた。秀麗《しゅうれい》という言葉がぴったりな、整った顔。けれども纏う空気に隙《すき》などなく、彼が優れた騎士であるとひと目でわかった。

　ここまで間近で顔を見るのは初めてだったため、ついつい見とれてしまった。しかし、アルセニオスがこちらに気づいたので慌てて顔を伏せる。

　顔をあげたアルセニオスは、見慣れぬ客人を認めて深緑の瞳をすがめた。

「そちらの令嬢は…………たしか、ヨルゴスの護衛騎士ではないか？」

　言い当てられ、クロエはわずかに驚いた。

　確かにヨルゴスの護衛として、何度かアルセニオスの前に姿を現したことがある。といっても、ヨルゴスの近くに待機していただけで彼と顔をつきあわせたわけではない。だからまさか、令嬢として着飾った自分の正体に気づくとは思わなかった。

「こちらはヨルゴス様の孫娘で、クロエ・ヘッケルト嬢です。私の従妹《いとこ》でもあります」

デメトリによって紹介されたクロエは、その場で淑女《しゅくじょ》の礼を行い、「クロエと申します」と挨拶《あいさつ》した。

許可がない限り国王陛下の顔を見つめることはできないので、うつむいたままでいるクロエを、アルセニオスは眉間《みけん》にしわを寄せてしばらく観察した。

「まさか孫娘だったとは……そうか、噂《うわさ》の『夢百合草の君』か」

「は、えと、百合……ですか？」

「あぁ、知らないのか。なるほど。まぁ気にする必要もないだろう。ところで、どうして彼女がこのような格好で私の部屋へ？」

アルセニオスが言った噂とは、いったいどんな内容なのか非常に気になったが、問いかける権限を持ち合わせていないため泣く泣く我慢する。というか、仮とはいえ婚約の挨拶をしに来たというのに、相手方であるアルセニオスに話が通っていないというのは、おかしくないだろうか。

「クロエ様には陛下の婚約者になっていただきます」

なぜだろう。いまの言い方になんだか引っかかりを覚えるな、と思っていたら、

「はあぁっ!?」

というアルセニオスの声が響いたため、クロエは混乱した。

「なにを勝手なことを言っているんだ。俺は婚約者など必要としていないぞ！」

「えぇっ!?」

まさかの反応に、クロエはこらえきれず声をあげる。

「でしょうね。知っています。ですから、こちらで勝手に決めさせてもらいました」

淡々としたデメトリの言葉を聞き、クロエは開いた口がふさがらなくなった。それを見たアルセニオスがため息とともに頭をふる。

「どうやら彼女も状況をきちんと理解していないようだな。おい、デメトリ、ヨルゴス。きちんと我々にもわかるよう説明しろ。立ったままなのもなんだ、お茶を淹《い》れてくれ」

アルセニオスに促されてクロエたちがソファに腰を落ち着けると、侍女《じじょ》はお茶の準備を始めた。茶器にお湯が注がれると、ふわりと茶葉の香りが立ちこめる。

お茶が淹れ終わるのを待たずに、アルセニオスが口火をきった。

「で、いったいこれはどういうことなんだ？」

「ですから、こちらのクロエ様が陛下の婚約者に決まったのです」

「いったい誰が決めたんだ。当分結婚はしないと言ったはずだぞ」

強く反発するアルセニオスへ、ヨルゴスがにこやかに答える。

「ええ、存じております。ですが、現状を鑑《かんが》みるに、早急に婚約することこそが最良だと、以前から申し上げております」

アルセニオスが王となって二年。荒廃した国を立て直すためには、貴族たちが一丸となるべきであり、王妃の座を巡ってけん制し合っている場合ではない。

ヨルゴスとデメトリの主張は的《まと》を射《い》ているのだろう。アルセニオスは苦悶《くもん》の表情を浮かべた。

「……お前たちの懸念《けねん》は十分理解できる。だが、貴族たちが王妃の座を巡って対立するこの状況で、彼女が婚約者となれば、貴族たちの攻撃対象になるだけでは？」

「それは重々承知いたしております。ですから、クロエを選んだのです」

自信満々にうなずくヨルゴスを、アルセニオスはいぶかしむ。

「彼女が優秀な騎士だというのは私も聞いている。だが、いくら邪魔に思ったからと言って、力で排除《はいじょ》しにかかるとは限らないぞ。それ以外にも、根も葉もない醜聞《しゅうぶん》をでっちあげたり、不貞《ふてい》を働かせようと仕向けるかもしれない」

「そのような心配、クロエには必要ありません。なぜなら、彼女には譲《ゆず》れない目的があるからです」

「目的……だと？」

「まぁ、まぁ、そう焦らずに。まずはお茶でも飲んで一息入れましょう」

ヨルゴスがそうなだめる間にも、侍女がお茶をテーブルに並べ始める。アルセニオスは黙ってそれを眺めた。

四人に差し出されたカップには、秋に色づく葉のように鮮やかに染まるお茶が注がれている。

アルセニオスたちがカップに手を伸ばすのを見て、クロエは「あのぉ……」と口をひらいた。

「このお茶、毒が入っていますよ」

ぴたり、と男性陣の動きが止まる。

カップを持ち上げたクロエは、お茶の香りをすんすんと嗅《か》いだ。

「この香りは……コカリナ草でしょうか。他にも混ざっている気もしますが、コカリナ草は遅効性の毒で、少量を飲ませ続けることで病死に偽装することができます」

アルセニオスは黙ってヨルゴスを見る。

「クロエは毒の匂《にお》いをかぎ分けることができます。この力のおかげで、私は前王派に暗殺されずにすみました」

笑みを浮かべるヨルゴスの隣で、デメトリが真剣な表情でうなずいた。

三人はそのまま言葉を交わすことなく侍女へ視線を向ける。お茶を用意した侍女はポットを持ったまま真っ青な顔で震えていたが、三人の注目を集めるなり、跪《ひざまず》いて頭を下げた。

「も、申し訳ございません！　まさか、毒入りだったとは知らず……陛下を危険にさらしてしまいました！」

「では、お前が毒を入れたわけではないと言うのか」

アルセニオスに詰問《きつもん》された侍女は、額を床にこすりつけながら身の潔白を主張した。血の気のない顔で震える様は鬼気迫るものがあり、嘘をついているようには思えない。

デメトリも同じ考えなのか、クロエに問いかけた。

「……あなたの見解を聞かせてもらえますか」

「そうですね……ポットにお湯が注がれると同時に、お茶の香りに混じって毒の匂いが飛んできました。となると、この方がお湯を注ぐ直前に毒を入れたか、またはあらかじめポットか茶葉に毒が仕込んであったかと」

クロエは茶器や茶筒《ちゃづつ》が載るワゴンへ近づくと、ひとつひとつ匂いを嗅いでいった。

「やっぱり、この茶筒から匂ってきますね」

クロエの説明を聞いたデメトリは、壁際に控える他の侍女から事情を聞く。普段、茶葉の入った筒は決まった場所に保管してあるらしい。警備の目をかいくぐることさえできれば、あらかじめ毒を仕込んでおける。

「となると……彼女以外にも犯行が可能ですね」

「もし彼女が犯人なら、私が毒を見抜いた時点で逃げ出すんじゃないでしょうか」

「それも一理ありますが、一流の暗殺者ならあえて残って疑いの目をそらそうとするかもしれません。もしかしたら、なにかの事情で脅《おど》されているということも考えられます。どちらにせよ、拘束《こうそく》して調べさせましょう」

デメトリの指示を受けた騎士たちによって、侍女は引っ立てられていった。その際の、侍女の意気消沈した様子や、力なく歩く足取りなどはとても胸に迫るものがある。デメトリの言う通り、脅されて仕方なく行ったのかもしれない。しかし、もしこれが演技だったとしたら、彼女はとんでもなく有能な暗殺者だな、とクロエは思った。

扉が閉まるのを見届けて、デメトリが「さて」と仕切り直す。

「予期せぬ邪魔が入ってしまいましたので、ひと息入れ直したいですね。お茶を用意してくれますか、クロエ」

「……はっ？　私ですか!?」

「当然でしょう。どこに毒が仕込まれているかわからないこの状況で、あなた以外に誰がお茶を淹れられるというのですか？」

そう言われると、反論できない。いや、侍女が淹れたあとにクロエが調べればいいだけなのだが、デメトリにはその手間さえ面倒なのだろう。黙って指示に従うことにした。

先ほどまで侍女が使っていたワゴンから新しい茶器を取り出し、ポットやカップの匂いを嗅ぐ。茶葉やお湯も調べた結果、やはり茶葉に毒が混ぜてあった。

クロエは部屋に待機していた別の侍女に新しい茶葉を持ってこさせると、毒が混入していないかきちんと調べてから淹れ始めた。

その様子を黙って観察していたアルセニオスが、しみじみ言った。

「本当に、毒を嗅ぎ分けられるのだな」

「その通りです。クロエならば、暗殺者が来ようが、毒を仕込まれようが退けることができます。陛下の御身を守る、という意味でも、あの子を傍に置いていただきたいのです」

「……なるほど、確かに。私の密かな護衛としてなら彼女は適役かもしれんな。だが、それだけの理由で俺と結婚してもいいのか？　騎士なのだろう？」

ポットにお湯を注ぐクロエを見ながら、アルセニオスが問いかける。茶を注ぐ優雅な仕草は貴族令嬢にふさわしいが、茶器を扱う手には剣だこが目立っている。騎士として日々鍛錬《たんれん》を欠かしていない証拠だった。

お茶を注ぎ終わったクロエは、カップをトレイに載せながら「ご心配には及びません」と答えた。

「今回の婚約は仮初《かりそ》めですので」

「仮初め？」と眉間にしわを寄せたアルセニオスへ、デメトリが説明する。

「今回の婚約はあくまで、緊急措置《そち》です。このまま王妃争いが激化して、実害が出ることになれば面倒ですから、そうなる前にクロエと婚約し、王妃争いに一応の決着をつけてしまいましょう。無駄な争いはやめて全員が一丸となり、国を安定へと導くことができた暁《あかつき》には、おふたりの婚約を破棄《はき》していただく予定です。そして、改めて王妃にふさわしい令嬢を選びます」

「しかし……婚約破棄後、彼女に次の縁談が来なくなる恐れがあるぞ」

「そうなのです。それが私の狙いなのです」

予想外なクロエの返答に、アルセニオスは「は……え、なんだと？」と素《す》っ頓狂《とんきょう》な声を漏《も》らした。

　戸惑う彼を無視して、クロエは今回の件で自分が得られるメリットを語った。

「私は一生を騎士として過ごしたいのです。ですが、貴族令嬢である以上、いつ何時政略結婚を言い渡されるかわかりません。しかし、陛下に婚約を破棄されれば、どこも私を嫁に望まない……つまり、政略結婚から解放されるのです！」

「……もしや、譲れない目的というのは、それか？」と、アルセニオスはヨルゴスを半眼《はんがん》でにらむ。にやにやと笑うヨルゴスの隣で、クロエは「しかも！」と言葉を続けた。

「国のため、そしてそこで生きる私たち民のため、自ら茨《いばら》の道を進む陛下をそばで支えることができるのです。あなたに剣を捧げる騎士として、喜んでお引き受けしましょう」

「……………くっ、そうか、騎士としてな。うん。これが『夢百合草の君』の破壊力か……」

　語尾が尻すぼみだったため、クロエにはアルセニオスの発言がよく聞こえなかった。カップをそれぞれの目の前に並べていると、ふいに手が差し出される。

「君の覚悟はわかった。では、これからは仮初めではあるが婚約者として、よろしく頼む」

　差し出された手は節くれだっており、自分の手よりも剣だこが目立っていた。まさに歴戦の騎士といった風貌《ふうぼう》の手だ。思わず見とれたものの、なんとか視線を引きはがして顔を上げれば、アルセニオスが笑みを浮かべていた。

　常に醸《かも》し出している、相手を押しつぶすような強者《つわもの》の迫力はなりを潜め、代わりに、幼子を見守るかのような深い優しさを感じさせる笑みだった。

あまりの違いっぷりに、しばし呆然《ぼうぜん》としたクロエだったが、アルセニオスを待たせてしまっていると気づき、慌てて差し出された手を握る。

「こちらこそ、よろしくお願いします！」

令嬢らしからぬ、しかし騎士としてなら百点満点の元気な声で返事をして、クロエとアルセニオスは仮婚約を結んだのだった。


アルセニオスとクロエの婚約は、その日のうちに通達が行われた。

国王の婚約者となった以上、クロエは騎士をやめなくてはならない。一時的とはいえ、ドレスを着て過ごす日々に戻るのは、憂鬱《ゆううつ》だ。

せめて、ヘッケルト家の屋敷では動きやすい服を着て、気晴らしに兄や弟と剣を振ろう。

そんなクロエのささやかな望みは、ヨルゴスとデメトリによって粉々に打ち砕《くだ》かれる。

「……は？　城で暮らせ、とは……いったいどういうことでしょう？」

ヨルゴスの仕事が終わり、さあ一緒に屋敷へ帰るぞというところで、まさかの王城滞在命令が下されたのだ。

唖然《あぜん》とするクロエへ、デメトリはため息交じりに「当然でしょう」と答えた。

「あなたは陛下の婚約者なのですよ。つまり、未来の王妃だ。親の庇護《ひご》が必要な年齢でもないのですから、早々に王城に上がってここでの生活に慣れるべきです」

「いやいや、この婚約は仮ですから！　本当に王妃になるわけでもないのに、城での生活に慣れる必要なんてないでしょう」

「そんな中途半端な態度では、この婚約が仮初めであるとばれてしまうでしょう。やるからには、徹底的に！」

デメトリの主張は筋が通っている。仮婚約だからと油断して、真実が明るみになってはいけない。そんなことになれば、収まるはずの王妃争いがまた過熱するだろう。アルセニオスの政務に支障をきたしてしまう。

クロエの役目は、アルセニオスが政務に集中できるよう傍に控えて憂《うれ》いを晴らし、お守りすること。しかし、だからといって王城に留まるべきなのか？

迷うクロエへ、ヨルゴスがとどめをさす。

「クロエ、お前にはいつ何時も陛下のそばにあり、彼《か》の方を守ってもらいたいのだ」

「いつ、何時も……？」

クロエの脳裏《のうり》に浮かんだのは顔合わせのときに出された毒入りのお茶だ。

毒が混入していた茶葉は、アルセニオスが普段からよく飲むものだったという。犯行が発覚しにくい遅効性の毒を使っていることから、以前から仕込まれていた可能性が高い。

「あの方が王位に就《つ》いてから二年になるが、貴族たちはまだまだ一枚岩とは言えず、どこに前王派の残党が潜んでおるかもしれぬ。それに、いま陛下を亡き者にすれば、自分に王位が転がり込んでくるかもしれない……などと、バカなことを考えるものがいないとは言い切れぬのでな」

暴君だった前王を排した英雄であるはずなのに、どうして命を狙われなくてはならないのだろう。クロエはむかっ腹が立ってきた。

騎士として民の暮らしを間近で見ていたからこそ、わかる。アルセニオスはたたえられるべき人物だ。

決して、くだらない権力争いに巻き込まれて命を落としていい人物ではない。

「わかりました。このクロエ、命に替えても陛下をお守りしてみせます」

あごを引いて胸に手を当て、膝を折る。本当はひざまずきたかったが、ドレスなのでこれが精一杯の騎士の礼だった。

ヨルゴスはゆっくりとうなずき、クロエの頭をなでる。シャンデリアの灯火をうけて金色に輝く髪を、しわの目立つ指がすいた。

「陛下を守ってもらいたいが、お前の命を犠牲《ぎせい》にする必要はない。お前は頼りになる騎士であると同時に、私の大切な孫なのだよ。だから、どうか命を粗末《そまつ》にするようなことはしないでくれ」

祖父としての慈《いつく》しみあふれる言葉に、クロエは孫として「わかりました」と素直に答える。

自分も一緒に乗るはずだった馬車をデメトリとふたりで見送ってから、これから当分滞在することになる部屋へ向かう。

侍女《じじょ》の案内に従い、部屋までたどり着いたクロエは、いの一番に思った。

だまされた！

自分のものとしてあてがわれた部屋は、あろう事か王妃の私室だったのである。

クロエは国王アルセニオスの婚約者（仮）であるから、ゆくゆくは王妃になるのだろう。だから、王妃の私室をあてがわれてもおかしくは——いや、おかしい。どう考えてもおかしい。まだ婚約段階だというのに、おかしいだろう。

王妃の私室というのは、それはそれは特別な部屋なのだ。なぜなら——

視線の先にあるのは、ひとつの扉。落ち着いた色味の木製で、金色のノブがついているそれは自分の寝室へ続く扉ではない。

アルセニオスの寝室へ通じる扉だった。

そう、ルルディ国王城の王妃の私室は、居間を国王と共有——つまり、寝室が別なだけで国王と同室なのである。

いま現在自分がいるのは夫婦がくつろぐ居間。ソファやテーブルセットなどがあり、夫婦水入らずでお茶や食事をしたり、ときには親しい友人を呼んで談笑をする部屋である。

そして部屋の左右には扉がひとつずつあり、それぞれの私室兼寝室へつながっていた。

そんな特別な空間に、まだまだ婚約段階の令嬢が足を踏み入れてはいけない。

例えば大恋愛の末に結ばれた婚約であれば、恋人と一緒にいたいと望んだアルセニオスが通した、という微笑《ほほえ》ましい話となる。しかし、これは仮初めなのだ。つまり、クロエには王妃になる予定など微塵《みじん》もなく、かつ、アルセニオスに溺愛《できあい》されているわけでもない。

なのに、なぜ、王妃の私室に通される必要があるのか。適当な貴賓室《きひんしつ》でいいじゃないか。

「これってどう考えてもはめられたわよね……」

侍女がそばを離れた隙《すき》に、クロエは小さくぼやく。

ここに滞在することはつまり、自分とアルセニオスはすでにそういう関係だと公言するようなもの。

デメトリめ、仮初めだなんだと言っていたが、本気で結婚させようと企《たくら》んでいるんじゃあ
——と、考えて、首を横に振った。

あの神経質で完璧《かんぺき》主義者で他人にも自分にも厳しいデメトリが、敬愛してやまないアルセニオスの妻に、上《うわ》っ面《つら》だけを取り繕《つくろ》ったハリボテ貴族令嬢なぞ据えるだろうか？

答えは、否《いな》だ！

「そうよ。あのデメトリに限って私なんかで納得するはずがないわ。大好きな陛下の妻となる方の条件を事細かに決めていまから吟味《ぎんみ》していてもなんら不思議じゃない。となると……どうしてこの部屋へ通されたのかしら」

ふいに、ヨルゴスの言葉を思い出す。いつ何時もアルセニオスのそばにあり、守ってほしいと言っていた。

「……そうか、そういうことね！」

なぜこのような事態になったのか——天啓《てんけい》のように答えがひらめいたクロエは、ひとり気合いを入れるのだった。

湯浴《ゆあ》みなどを済ませ、クロエが眠る準備を整えたころ、一日の仕事を終えたアルセニオスがやってきた。

すでに夜着姿になっていたため、見苦しくないようガウンを羽織《はお》って出迎えた。すると、顔を合わせたアルセニオスは落ち着きなく視線をさまよわせたあと、「お茶でも飲もう」といってダイニングテーブルへと移動していった。

日中の騒動があったので、クロエ自らお茶を淹《い》れることにした。侍女から茶器の載ったワゴンを受け取り、下がるよう指示してから作業に取りかかる。茶葉や茶器に毒が混ざっていないかを確認していると、ずっと目を合わせようとしなかったアルセニオスが口を開いた。

「まさか本当にこの部屋へ通していたとは……君は、ここで滞在することに、抵抗はないのか？」

ポットにお湯を注ぎながら、「抵抗、ですか？」とクロエが首を傾げると、アルセニオスは目元をわずかに赤くしてにらみつけてきた。

「この部屋は、互いの寝室につながっているんだぞ。なにか間違いが起こったらどうするんだ」

「起こるのですか？」

「お、起こるわけがないだろう！　私は女性に無体を強《し》いるような低俗《ていぞく》な男ではない」

拳《こぶし》を握りしめて否定するアルセニオスを見て、クロエは「でしょうね」と納得する。

「陛下に限って、そのようなことはないと信じております。だからこそ、祖父とデメトリ様は私をここへ通したのでしょう」

「そうなのか？　いや、確かに、俺を信頼してくれているとは思うが……今回のことは、その……」

言い惑うアルセニオスへ、クロエは「大丈夫です！」と力強く宣言しながらお茶を差し出す。

「今回私がこの部屋へ通されたのは、夜の闇に紛《まぎ》れて陛下の命を狙う不届き者を引っ捕らえるためだと理解しております。ご心配には及びません！」

そうなのだ。あのアルセニオス命なデメトリがクロエに王妃の私室をあてがった理由。そんなもの、アルセニオスの護衛以外にあり得ない。

そうとわかれば、婚約者（仮）兼護衛として、きちんと役目を全《まっと》うするだけである。

意気込むクロエをぽかんと眺めていたアルセニオスは、まるで緊張の糸が途切れたかのように長い長いため息をこぼし、湯気の立つカップを口元へ運んだ。

「……うん。お前の中で納得ができているならいい。とにかく頑張れ」

「はい、お任せください！」

——翌朝。

「陛下、見てください！　不届き者を捕獲《ほかく》いたしました！」

まだ太陽が地中から顔をのぞかせただけという早朝。執事が起こしに来るのを待つことなく自主的に寝室から出てきたアルセニオスへ、クロエは縄で拘束《こうそく》した侵入者を見せる。

頭を残して全身を縄でぐるぐる巻きにしたためわかりにくいが、全身黒ずくめで様々な暗器を持っていたから暗殺者とみて間違いないだろう。

夫婦のくつろぎの空間である居間の、踏み心地がいいクリーム色の絨毯《じゅうたん》に転がされ、さらにクロエに片足で踏みつけられた暗殺者を見下ろしながら、アルセニオスはつぶやく。

「……まさか本当に現れるとは思わなかった」

「ええ、その通りですね。まさか初日から襲ってくるとは意外でした。しかも、陛下の部屋ではなく私の部屋に現れるなんて！　どうせ陛下がいらっしゃるとでも思ったのでしょう。なんて見通しの甘い。そんなことだから簡単に捕まるのです！」

「いや、それ、たぶんお前を狙っていたんだと思うぞ？」

アルセニオスの冷静なつっこみは、侵入者に説教をするクロエの耳には、残念ながら届かなかった。

「昨夜、聖王女の騎士がまた現れました。これで三度目です」

国王の執務室にて報告を受けたアルセニオスは、猛禽《もうきん》類のように鋭い視線を書類からデメトリへと動かした。

「あの……」

「今回の被害は？」

「これまでと変わりません。夜更けに貴族の屋敷へ侵入し、主の執務室などを中心に荒らしていく。けれど、とくになにかを取られたわけではない、と」

「あの、デメト……」

「例の怪文書は?」

「ありました。文言も『無慈悲《むじひ》な処刑人に鉄槌《てつつい》を』と、まったく同じです。同一犯と見て間違いないかと」

アルセニオスは厳しい表情で両腕を組む。

聖王女の騎士とはここ最近王都に出没する賊《ぞく》だ。国政を担う有力貴族の屋敷へ侵入しては、執務室などを荒らして去って行く。その際、『無慈悲な処刑人に鉄槌を』と書いた紙を現場に置いていくのだ。

無慈悲な処刑人とは、おそらくアルセニオスをさすのだろうと言われている。

アルセニオスは革命を起こした際、前ルルディ王家やそれらにおもねった貴族たちをことごとく処刑した。

妻や子供を含めた一族全員というのは、苛烈《かれつ》な粛清《しゆくせい》に思えるかもしれない。しかし、彼らが行った悪政は、王家を滅ぼして国家を作り替えねばならぬほど、国を疲弊《ひへい》させていた。混乱を伴《ともな》う大きな変革の波の中で、罪人の遺族などという不穏分子は抱えられない。薄情と思うかもしれないが、アルセニオスたちは国を、国民を背負っているのだ。情に流されている場合ではない。

ただ、ひとりだけ。本当に処刑する必要があったのか、と惜《お》しまれる人物がいる。

王女アティナ。

ルルディ王家最後の王女である。

生まれつき身体《からだ》が弱かった彼女は、王都から遠い辺境の地フィニカで療養を余儀《よぎ》なくされていた。

アティナは革命が起こるなり、隣り合う領地を治めるバリシア領主とともに隣国ベゼッセンと結託。正統な王位継承者は自分だと主張してアルセニオスと敵対したのだ。

結局アティナは拘束《こうそく》され、薬殺刑に処されたのだが、その結果に対して疑問を持つ国民は多い。

革命の引き金ともなった食糧危機がルルディを襲ったとき、不毛の地となった畑を捨てて国内をさまよう民が現れた。苦しいのはどこも同じで、領民を食べさせるだけで精いっぱいだった領主たちが彼らを拒絶するなか、アティナだけは受け入れたのだ。豊かとは言えない土地だったというのに、領民全員で食糧を持ち寄りあい、逃げてきた人々を助けた。

希望の聖王女――そう呼ばれたアティナが、アルセニオスと敵対するだろうか。

王女の無実を信じる誰かが、それを証明しようとしている。そんな憶測から、大貴族の屋敷を荒らす賊は『聖王女の騎士』と呼ばれるようになった。

「すみませ……」

「一応、被害に遭《あ》った貴族の身辺調査を行ってくれ。ただの聖王女信奉者なら単純な問題だが、別の目的があるかもしれないからな」

「心得ております」

「おおぉぉ〜いっ、いい加減無視しないでくださいよ！」

緊迫した空気を、間抜けな声がぶちこわす。

こめかみにぴきっと青筋を浮かべたデメトリが、声の主——クロエへと振り向いた。

「なんなんですか、あなたは。騒々しい」

「さっきから何度も話しかけているのに無視するからじゃないですか！　騒々しくもなります」

「いま私は陛下と大事な話をしているのです。割り込まないでください」

「いいえ、そういうわけにもいきません。いろいろと訊きたいことがありすぎるのですから。まず、この格好はなんですか！」

両腕を広げて叫ぶクロエの服装は、昨日よりずっと地味なドレスだった。レースや刺繡《ししゅう》といった装飾が一切なく、腰にはエプロンを着けている。

「なにって、侍女《じじょ》です。見ればわかるでしょう」

「そういうことを聞いているんじゃないんです！　どうして私が侍女の格好で陛下のそばに侍《はべ》らなければならないのですか」

「それはもちろん、あなたに陛下の身の回りの世話をしてもらうためです」

「婚約者（仮）として怪しまれぬよう、この城に滞在するのではなかったのですか？」

ぷっと頬《ほお》を膨《ふく》らませてクロエが反論すると、デメトリは大げさに嘆息《たんそく》してみせた。

「つい昨日、陛下に毒入りのお茶が出されたのを、他ならぬあなたが見抜いたではありませんか」

「そうですが……調べた結果、あのときの侍女は無関係だったと聞きました！」

「だとしても、誰かが陛下を暗殺しようとした、という事実は変わりません。また同じようなことが起こらないよう、毒の有無を判別する必要があるのです」

「……つまり、陛下が毒を口にしないよう、私に見張れと？」

「そういうことです」と、デメトリは爽《さわ》やかに笑った。

「言いたいことはわかりますが、わざわざ侍女に扮《ふん》する必要があるのですか？　私は陛下の婚約者です。執務室に出入りしていてもおかしなことはありません」

「婚約者が陛下の執務室を訪問することは許されても、ずっと入り浸るというのはよろしくありません。秘密裡《り》に、護衛として、誰に見咎《みとが》められることなく陛下の傍に侍るには、侍女という立場が便利なのですよ」

「なるほど、それなら……って、訊きたいことは他にもあるんです。これはいったいなんですか！」

納得しかけたものの、はっと気づいたクロエは両手をデメトリへと突きだす。

うまく言いくるめられなかったからか、デメトリは小さく舌打ちをして、突きつけられた両の手がそれぞれ持つものの名称を答えた。

「ぞうきんとはたきですが、なにか」

「そういうことが訊きたいんじゃありません。どうして侍女がこんなものを持つんですか。掃《そう》除《じ》はメイドの仕事です！」

デメトリは残念そうな顔で頭を振り、憤慨《ふんがい》するクロエを見下ろした。

「この部屋を担当するメイドが、暗殺者でないという証拠は？」

「は、え……暗殺？」

まったく予想していなかった問いかけに戸惑っていると、デメトリはわざとらしいほどに悲痛な表情でうなずいた。

「哀しいことに、いまの陛下は誰が敵で誰が味方かわかりません。もしもメイドが敵方の手先なら？　こっそり暗殺者を手引きして潜ませたり、揮発性の強い毒を仕掛けるかもしれません」

デメトリはまじめな顔をして語っているが、言っていることはめちゃくちゃである。

確かに、誰が味方で誰が敵なのかわからないこの状況では、彼の語るような懸念《けねん》は必ずしも大げさではない。

けれども、国王の執務室には、部屋に誰かがいるか否《いな》かにかかわらず、ふたりの騎士が扉の前に常駐している。ひとりならまだしも、ふたりともを買収、もしくはその目を盗んで部外者を引き入れるなんて難しいだろう。そもそも、飾り気のかけらもないこの部屋では、暗殺者が潜む場所すらない。揮発性の強い毒についても、もし設置されていたらクロエがすぐに気づくはずだ。わざわざ掃除メイドを締め出し、その仕事をクロエが引き受ける必然性はない。

アルセニオスも同じ考えなのだろう。「そんなバカな」とつぶやいていた。

クロエも当然、まさかそんなことがあるわけないと思った。しかし、直後に脳裏《のうり》を過《よぎ》るのは、昨日の毒入りお茶。あれが、大げさすぎるデメトリの話に、不思議な説得力をもたらしていた。

「なんてことっ……陛下はこの国を、民を救ってくださったのに！」

憐憫《れんびん》のこもった眼差《まなざ》しで見つめられたアルセニオスは、慌てて手と首を左右に振った。

「いや、いくらなんでも国王の身の回りを世話するんだから、メイドであっても身元調査はきちんと――」

「お任せください！　このクロエ、婚約者（仮）として護衛騎士として侍女としてメイドとして……」

「えらく役職が増えたな」

「粉骨砕身《ふんこつさいしん》して尽くしたいと思います！」

アルセニオスの冷静なつっこみに気づくことなく宣言し、クロエは舞うようにはたきをかけはじめた。生粋《きっすい》のお嬢様であるクロエだが、ヨルゴスのもと騎士見習いからこつこつ勤め上げてきたため、掃除洗濯炊事《せんたくすいじ》はお手の物だ。

「見ていなさい、暗殺者ども！　この私が仕込んだ毒をすべて発見してくれるわ！」

換気のために窓を開き、まだ見ぬ暗殺者へ宣戦布告する。そしてまた掃除に戻るクロエを見つめながら、アルセニオスは言った。

「デメトリ。お前、遊びすぎだぞ」

視線をよこした先では、デメトリが「以後っ、気をつけま……ぶふっ」と口元を押さえて身を震わせるのだった。


「これは、いったいどういう状況ですかな?」

分厚い書類の束を胸に抱えて執務室へ入ってきたヨルゴスは、せっせとモップ掛けをするクロエを見て問いかける。

今朝顔を合わせたときは侯爵令嬢にふさわしい姿だったと記憶しているのに、なぜか飾り気のない暗色のドレスを纏《まと》い、裾《すそ》が翻《ひるがえ》るのも気にせず熱心にモップをかけている。ご丁寧《ていねい》に頭には白い三角巾を巻き、袖《そで》を肘までまくり上げ、白くしなやかな腕を人目にさらしていた。

これはどう見ても侯爵令嬢ではない。立派なメイドだった。

書類を受け取ったアルセニオスは、さっそくサインを書きながら答えた。

「デメトリに説明してもらえ」

ヨルゴスはデメトリから説明を受けようと、彼の姿を探して部屋を見渡す。

いつもは部屋の右隅にある机で仕事をしているはずのデメトリは、今日に限って窓際に立っていた。外の様子でもうかがっているのかと思えば、彼は人差し指で格子《こうし》型の窓枠《まどわく》をひと撫《な》でする。

「クロエ、窓枠にほこりがたまっていますよ。きちんと掃除してください」

クロエのもとまで歩き、先ほど窓枠を撫でた人差し指を突きつけながら注意する。その様子を見ただけでだいたいの事情を察したヨルゴスは、やれやれとばかりに首を振った。

「まったく、デメトリはまたクロエで遊んでいるのですか」

呆《あき》れはするものの、ふたりの間に割って入ろうとはしない。

「止めるなり注意するなりしなくていいのか？」

「そんな必要はありませんよ」

ふたりへの興味を失ったのか、ヨルゴスはアルセニオスへと向き直って仕事に取りかかる。

その間にもだめ出しを続けていたデメトリだったが、ここで突然、クロエが手に持つぞうきんをさしだした。

「……いったい、なんの真似《まね》でしょう？」

デメトリがぞうきんをにらみつけて問いかければ、クロエはあっけらかんと答える。

「ぞうきんを渡しています」

「そんなの知っていますよ！　私が言いたいのは、どうして私がぞうきんを渡されなければならないのか、ということです」

語気を強めても、クロエはやはり平然と答える。

「だって、ほこりがたまっていたのでしょう？　先ほど窓をふいたとき、私は気になりませんでしたよ」

「それはあなたが無頓着《むとんちゃく》なだけで……」

「はい。ですから、ぞうきんを渡しているのです。こういうときは、気になった人が自分で掃除するのが合理的です」

「ぶはっ……」

黙々と仕事をしつつ、ふたりのやりとりに耳を傾けていたアルセニオスが、こらえきれず笑い出した。クロエとデメトリが視線をよこせば、彼は机に突っ伏して笑っている。

「へ、陛下っ……」

「いや、悪いっ……ぐ、ふふっ、あっはっはっはっ！」

顔を赤くするデメトリに謝ろうとして、余計に笑いがこみ上げたのか、とうとう声に出して笑い始めた。しばらく笑い続け、なんとか落ち着けたアルセニオスは、涙のにじむ目元をぬぐいながら言った。

「お前の負けだ、デメトリ。あきらめろ」

最後通告をされたデメトリは、口をへの字に曲げてクロエからぞうきんをひったくる。憤懣《ふんまん》やるかたないという顔で、それでも素直に窓枠を掃除し始める背中を見ることなく、クロエもまた自分の仕事に戻った。

そんなふたりの様子を眺めながら、アルセニオスはふたたびこみ上げそうになる笑いをなんとか抑え、仕事を再開する。

「ヨルゴス」

「なんでございましょう、陛下」

「お前の孫たちは仲良しなんだな」

「これが通常営業でございます。お気に召してもらえたのなら、僥倖《ぎょうこう》です」

ヨルゴスとアルセニオスはちらりと視線を合わせてふっと笑みを漏《も》らすと、今度こそ仕事に集中したのだった。


クロエがアルセニオスの婚約者（仮）となって一週間が過ぎた。

「陛下、ご覧ください！　性懲《しょうこ》りもなく私の部屋へやってきた不届き者を成敗《せいばい》いたしました！」

「これで七日連続か……」

今朝も朝日が昇りきる前に寝室から出てきたアルセニオスへ、クロエは捕獲した暗殺者をさらす。縄で蓑虫《みのむし》状態にされ、足に踏みつけられる侵入者を見下ろし、アルセニオスはため息をこぼした。

「毎晩侵入者を許してしまう城の警備を問題にするべきか。それとも、警備の穴を把握《はあく》できるような相手が主犯だとにらむべきか……」

「毎晩毎晩二流三流の暗殺者ばかり仕向けて、ちょっと脅《おど》せば逃げ出すとでも思ったのでしょうか」

「いや、それ……暗殺者じゃなく、夜這《よば》い――」

「護衛騎士をなめないでもらいたいです！」

アルセニオスの声は、あさっての方向に憤《いきどお》るクロエの耳には届いていない。

そう、クロエは怒っていた。

城で滞在するようになったとたん、毎夜暗殺者が襲ってくることに――ではなく、暗殺者が弱すぎることに腹を立てていた。そもそも、暗殺を目的としていない人物なのだから当然のことなのだが、そっち方面にとんとご縁のなかったクロエは、まさか命ではなく貞操《ていそう》の危機だったなど、思いもつかなかった。

別に、自分は強い敵と戦うことが生きがいといった戦《いくさ》バカではない。けれども、あまりにも弱すぎる。

城へ上がってからというもの、クロエはまともな訓練ができていなかった。せいぜい、寝る直前ひとりになったときにこっそり筋トレを行うくらいだ。

だから、暗殺者との手合わせはいい実戦訓練になるのでは、と思っていた。

しかし現実は、人の気配を感じてとっさに足を振り上げれば侵入者に直撃して終了。というていたらく。実戦経験になんてなりやしない。

騎士である自分をなめてかかっているのではないか。と主犯を問い詰めたくなる。これがもし挑発だったら大成功だ。

たまるばかりの鬱憤《うっぷん》を必死に抑え込みながら、クロエは侵入者を扉の向こうで待機する騎士に引き渡す。その際、侵入者を椅子《いす》や棚《たな》にぶつけてしまったのはご愛敬《あいきょう》だ。

「クロエ」

扉を閉めて、長い長い嘆息《たんそく》をこぼしていると、背後から声がかかった。振り返れば、あごに手を添えて思案していたアルセニオスが、真剣な面持《おもも》ちでこちらを見据える。

「今夜から、私もそちらの部屋で眠ってもいいか？」

かこん、とあごが外れそうな勢いでクロエの口が開いた。

これはつまり、アルセニオスがクロエの部屋で眠りたいということだろうか。なんのために？　もしや、ずっと別々のベッドを使っているから周りから怪しまれているとかそういうことだろうか。え、婚約者（仮）って、そこまでしなくてはならないのか!?

「まさか毎晩侵入者が現れるとは思わなかった。君の身に何かあってからでは遅い。私も一緒に迎え撃とう」

どうやらクロエの身を案じての提案だったらしい。一般的な令嬢であればときめく場面であるかもしれないが、クロエは違う。開きっぱなしだった口を戻し、据わった目でアルセニオスをにらみつけた。

「つまり、私では頼りないとおっしゃりたいのですか？」

「そうではない。ただ、連日の襲撃で気の休まる暇もないだろう。騎士として、男として、君にばかり危険な目に遭《あ》わせることはできないんだ」

「それは……私に対する侮辱《ぶじょく》ですか？」

目をすがめ、低い声で詰問《きつもん》する。なぜクロエが怒りだしたのかわからないのだろう。アルセニオスは戸惑いをのぞかせた。

「私は女性です。ですから、男性より劣る部分があることは認めましょう。けれども、私は正真正銘《しょうしんしょうめい》の騎士なのです。祖父の護衛を任せてもらえる程度には、強いと自負しております」

クロエが所属するのはヘッケルト家の騎士団ではなく、隠居《いんきょ》していたヨルゴスが新しく作った私設騎士団だ。国王の御身を守る近衛《このえ》騎士団と比べると見劣りするかもしれないが、護衛騎士ともなればそれ相応の実力が必要になる。前王派によってヨルゴスは頻繁《ひんぱん》に襲撃を受けていたから、実戦経験はそれなりに積んでいた。

　確かにアルセニオスはクロエの身を案じたのかもしれない。しかし、騎士として真っ当に努力を重ねてきた自分からすれば、その気遣いは屈辱でしかない。

「私は、陛下を守るためにここにいます。陛下が政務をつつがなく行えるよう、貴族の注意を自分に向けるためにいるのです。危険など最初から承知の上。祖父も私ならば乗り越えられると思ったからこそ選ばれたのだと自負しております」

　アルセニオスは目を見開いて口を手で覆《おお》う。

「ち、違う！　そういう意味で言ったわけでは……」

　彼の言葉に嘘はない。それはよくわかる。だって、こんな経験いままでも腐るほどあったから。

　でも、王として尊敬しているのはもちろんのこと、騎士としても憧れるアルセニオスに見くびられるというのは、少しつらい。

「……私が神経質になりすぎたのです。どうか、お気になさらず。では、身支度《みじたく》がありますので失礼します」

　早口でまくし立てて、背を向ける。国王を相手に失礼な態度だとわかっているが、いまはそんなことを気にする余裕はない。

　アルセニオスがなにも言わないのをいいことに、クロエは自分の寝室へと戻った。

「お前が男だったらよかったのに。いくら強くても、女では意味がない」

これは、兄によく言われた言葉。剣の手合わせでクロエが勝つたびに言っていたのだ。

クロエ自身、同じことを思っていた。

どうして自分は男に生まれなかったのだろう。

男であれば、社交ができなくとも騎士や文官など他に生きようがあったのに。貴族令嬢の選択肢《し》など、家のために嫁《とつ》ぐ以外ないではないか。

思い悩んでいたクロエに、女騎士というチャンスを与えてくれたのはヨルゴスだった。

「孫であろうと、女であろうと容赦《ようしゃ》はしない。役立たずだとわかればすぐに放り出す。騎士になりたければ必死でしがみつけ」

そう言われ、クロエは頑張った。宣言通り特別待遇などなく、いやむしろ、身内だからこそ厳しい評価を下された。

周りの騎士に見くびられることも多かった。王女や貴族令嬢の護衛などで女騎士の需要《じゅよう》はあったが、圧倒的に数が少ない。しかもクロエの場合、男性の騎士と同じ扱いをうけていたのだから、それを快《こころよ》く思わず突っかかってくる輩《やから》もいた。

売られたケンカは必ず買った。勝とうが負けようが、全力でやりきった。体当たりでぶつかるクロエを、同僚たちは認めてくれた。

そうして手に入れた居場所が、ヨルゴスの護衛騎士という立場だった。

それなのに、いま自分は、また貴族令嬢という囲いの中に押し込められてしまった。

早く騎士団へ帰りたいなぁ——そう思いながら、ダイニングテーブルを拭く。クロエは今日何度目かもわからないため息をこぼした。

「先ほどからため息ばかり……うっとうしいのでやめてもらえますか」

背後から注意され、クロエは口をとがらせながら振り返る。部屋の隅にある自分の執務机で仕事をするデメトリが、何枚もの書類を両手で広げながら、こちらをにらみつけていた。

「気分を害してしまったのなら申し訳ありません。以後気をつけます」

とりあえず平謝りして掃除《そうじ》に戻る。すると、背後からわざとらしい嘆息が聞こえた。

「なにをそんなに気に病んでいるのか知りませんが、うじうじするのはあなたらしくありませんよ。そうだ、城に滞在するようになってから剣の稽古《けいこ》ができていませんね。身体《からだ》を動かせば、少しは気分が晴れるはずです。いまからどうですか？」

クロエは布巾を動かす手を止め、じっとりとデメトリをねめつける。彼なりに気を遣ってくれたのだと思うが、ひとつ問題があった。

「お気持ちはうれしいのですが、デメトリ様が相手ではなんの稽古にもなりません」

「うるさいですよ！　人の気遣いをなんだと思っているんですか」

「だっていままで一度として私に勝てたことがないではありませんか」

デメトリは顔を赤くして怒っているが、事実なのだから仕方がない。

剣の稽古をするのなら、自分より強いか同程度の相手でないと。

「お気持ちだけ……」と断ろうとするクロエを、デメトリは「待ちなさい」と遮《さえぎ》る。

「いつ私がお相手すると言ったのですか。ちゃんとあなたの実力に見合った相手がおります」

自分の実力に見合った相手とは、どんな相手なのだろう。非常に興味をそそられたが、クロエは視線を落として首を左右に振った。

「うれしいお誘いですが、いまは職務中ですし……」

ちらりと見たのは、執務机で書類とにらめっこをするアルセニオスだ。彼はこちらを見ることもなく、書類にサインしながら「心配ない」と答える。

「私のことは気にするな。たまには気晴らしをするといい」

アルセニオスは鬱屈《うっくつ》するクロエを慮《おもんぱか》ってそう言ってくれたのだろう。わかっていても、今朝のことがありうまく受け止められない。

「……私は国王陛下の婚約者（仮）です。剣の稽古など、未来の王妃たる令嬢にふさわしくありません」

「そんなこと、私も承知しています。ですから、鍛錬場《たんれんじょう》の人払いをしておきました。誰かに見咎《みとが》められる心配はありませんから、さっさと用意をしてきてください。その格好では、稽古ができないでしょう」

　いつの間にそんな手配をしてくれたのだろう。そうさせてしまうほど、自分は落ち込んでしまっていたのだろうか。クロエは心から反省した。

「あの、デメトリ様……」

「ほら、四の五の言っていないで、さっさと騎士服に着替えてくる。いつまでも鍛錬場を独占できるわけではないのですからね！」

　デメトリに急《せ》かされ、クロエは「は、はい！」と返事をしながらうつむいていた顔を上げた。

「デメトリ様、ありがとうございます！」

「礼などいりません。私はただ、気持ちよく仕事がしたいだけですから」

　相変わらずかわいげのないことを言いながら、デメトリは柔《やわ》らかく笑う。それにクロエは満面の笑みで答え、アルセニオスへ一礼してから執務室を辞した。


　騎士服に着替えたクロエは上機嫌で鍛錬場へと向かった。通りすがった騎士たちが「久しぶりだな」と声をかけてくれる。

　彼らにはクロエとしか名乗っていなかったから、騎士たちの間ではアルセニオスの婚約者であるクロエ・ヘッケルトと目の前にいる自分は結びつかないようだ。女騎士として飾りっ気なく過ごしていたので、令嬢らしく着飾ってしまえばまさに別人なのだろう。むしろ気づいたアルセニオスがすごい。

スキップを踏み出しそうな軽い足取りで鍛錬場へたどり着いたクロエは、待ち構えていた人物を見て、目を大きく見開く。

「なんだその顔は。瞳がこぼれ落ちそうだぞ」

四方を高い壁に囲まれた芝生《しばふ》の広場には、アルセニオスが立っていた。

いつも着用している豪奢《ごうしゃ》な上着を脱ぎ捨て、手には練習用に刃をつぶした剣を二本握っている。足下の少々すすけたロングブーツは、もしかしたら騎士として動き回っていた時代に愛用したものかもしれない。

「ど、どどど……」

「どうして俺がここにいるのか、と言いたいのか？　愚問《ぐもん》だ。剣の鍛錬のために決まっているだろう」

「剣の鍛錬って、陛下が!?」

「国王は黙って守られていればいいと？　言っておくが、俺ももとは騎士だ。守られているだけというのは性《しょう》に合わない」

アルセニオスが顔をしかめたため、クロエは慌てて口を両手でふさいだ。

これでは、女性は守られるものと決めつける輩《やから》たちと変わらない。

アルセニオスは騎士だ。それも、騎士団長補佐という役職を持つ実力者。生家であるフロステル家は代々騎士団長を務めてきた家系であるから、それこそ物心がつく以前から訓練を受けてきたことだろう。

「失礼をいたしました」

「いや、いい。俺も今朝は無神経なことを言ってしまったからな。それよりも、これを」

そう言って投げてよこしたのは、一本の剣。

突然のことに虚を衝《つ》かれながらも、クロエが危なげなく受け取ると、アルセニオスはおもむろに剣を構えた。

「では、始めるか」

「……………え、始めるって、なにを？」

剣を受け取った格好のまま問いかけると、アルセニオスは片眉《かたまゆ》を持ち上げて「決まっているだろう」と答えた。

「手合わせ以外になにをするんだ」

「まぁ、そうなんですけど」

いったい誰と誰が手合わせするのか。

デメトリの話では、実力に見合った相手が待っているとのことだった。けれど鍛錬場には、自分の相手どころかアルセニオスの相手もいない。

鍛錬場をきょろきょろと見渡していたクロエは、そこである可能性に気づき、視線をアルセニオスへ定める。

目があった彼は、にっこりと笑ってうなずいた。

「俺とお前で手合わせするぞ」

「なんですとおおおおお！」

「なんだ、俺が相手では不服か？　言っておくが、近衛《このえ》騎士団を鍛えていたのは俺だぞ」

「不服だなんて！　むしろ、光栄だと思います！」

騎士たちの花形と言える近衛騎士団を鍛えていたアルセニオスと手合わせできる。騎士として、これほど胸が躍ることはない。

だがしかし、国王を相手に手合わせなんてしてもいいのだろうか？　いくら刃をつぶしてあるとはいえ、けがをしないとは限らない。

クロエの迷いを察したのか、アルセニオスは剣の切っ先を眼前に突きつけてきた。

「今朝、お前は言ったな。騎士として俺を守るためにここにいるのであって、守られたいわけではないと。だったら証明してほしい。俺の助けなど必要とせず、自分の身は自分で守れるのだと」

「陛下……」

「お前の実力を信じていないわけではない。だが、不安なんだ。人とは、たやすく命を落とすものだからな」

突きつける切っ先はそのままに、アルセニオスは視線を横へずらす。表情は変わらないのに、どことなく寂寞《せきばく》を感じて、見るものの胸を締め付けた。

どうしてアルセニオスはこんな表情をするのだろうか。誰か近しい人が亡くなったのだろうか。たしか、彼の父親はすでに亡くなっていたと記憶している。

アルセニオスの父は騎士団長を務めており、向かうところ敵なしの猛者《もさ》だった。けれど彼は唐突《とうとつ》に命を落とした。前王によって理不尽《りふじん》な処刑が行われたのだ。

誰にも負けることはないと言われていた父が、思ってもみなかった形で死を迎えた。それは、アルセニオスの中で大きな衝撃だったのだろう。

どれほど強くとも、なにかの拍子に人は命を落としてしまう。ましてや、クロエは女だ。実力を把握《はあく》しきれていないアルセニオスからすれば不安になるのかもしれない。

クロエは数歩後ろへ下がると、剣を構えた。

「手合わせ、よろしくお願いします！」

声をあげれば、アルセニオスは視線を戻し「よし、来い」と構えた。

しばらく間合いを計ってにらみあっていたが、クロエが先に動く。数度打ち付け合ったところで、アルセニオスにはじかれてしまった。その力の強さに、剣どころか身体ごと吹っ飛ばされた。

地面に倒れたクロエは、力の差に愕然《がくぜん》とする。自分は騎士として実力が備わっていると思っていた。けれど現実は、守るべき相手に手も足も出ないなんて。

「どうした。もう終わりか？」

降ってきた声に反応して顔を上げれば、アルセニオスが自分を見下ろしている。

「お前の実力はそんなものか？　ヨルゴスの護衛騎士という役職は、孫娘という立場で得たものだったのか？」

「違う！」

反射的に答え、クロエは立ち上がる。気合いのかけ声とともに剣を振り下ろせば、なんなく受け止められた。

「力では男に勝てないのだから、真正面からぶつかるな！」

剣を合わせる間も、アルセニオスの指導が入る。

また剣をはじかれたが、落ち込む間もなく向かっていった。

「相手の隙《すき》を突くんだ。見当たらなければ、作り出せ！」

「力を受け止めるんじゃない。受け流すんだ！」

鍛錬場に、アルセニオスの指導が響く。そのたびに、クロエの剣がはじかれた。

何度膝をつこうと、クロエはあきらめず立ち上がった。さすがもと騎士団長補佐というべきか。彼の一振りは非常に重く、受け止める両手にしびれを感じるほどだった。油断すると剣が手からこぼれ落ちそうだが、決して離すまいと心を奮《ふる》い立たせる。

ここであきらめれば、クロエの騎士としての矜持《きょうじ》が失われてしまう。それだけはなんとしても避けたかった。

アルセニオスとの実力差など、わかりきったこと。今はただ、胸を借りるつもりで立ち向かうのみ。

クロエは剣を振る。アルセニオスの言葉を思い出しながら。

女の身である自分は力では勝てない。だったら、なにが勝っているのだろう。

自分の強みは、素早さとしなやかさ。アルセニオスの剣を受け止めたりせずいなし、できあがった隙を使って一気に間合いを詰め、脇腹めがけて剣を振った。

甲高《かんだか》い音が鳴って、弧を描いて宙を飛んでいったのは、クロエの剣だった。

「今日の稽古《けいこ》はここまでにしよう」

剣の構えを崩したアルセニオスが言った。

「そんな……まだです！　もう一度お願いします！」

手も足もでないまま終わっては、アルセニオスに認めてもらうなどできるはずがない。

しかし、クロエの懇願《こんがん》は無情にも却下《きやっか》される。

「立っているのもやっとの状態で、続けられるわけがないだろう。また明日手合わせをすればいい。必要なときに休むことも、訓練のひとつだ」

己の無力さにうちひしがれていたクロエは、はたと顔を上げる。いまの言い方は、つまり、明日も手合わせしてくれるということだろうか。

期待に目を輝かせていると、それに気づいたアルセニオスが微笑《ほほえ》んだ。

「これから毎日、訓練するぞ。いまのままでも満足できる程度に強いが、もっともっと実力をつけてほしいからな」

アルセニオスの口から強いという単語が飛び出したため、クロエは「本当ですか!?」と食いつく。

「私、なにもうまくできなかったのに、認めてくださるんですか!?」

「お前のことは最初から認めている。ただ、俺の中で折り合いがつけられなかっただけだ。女騎士を見下しているわけではないが、やはりどうしても、女性は守るものだという認識が抜けなくてな」

ばつが悪そうに目をそらしながら、アルセニオスは夕焼け色の髪をかき上げた。そして、ひとつ息を吐くと、意を決したように前を見据えた。

「お前を優秀な騎士と見込んで、ひとつ頼みがあるんだ」

真剣なまなざしと「優秀な騎士」という言葉に感化され、クロエは姿勢を正してアルセニオスの言葉を待った。

「今夜から、俺の部屋で眠ってもらいたい」

「は……え、陛下の寝室で、私が……？」

いったいなぜそんなことをする必要があるのだろう。首を傾げるクロエへ、アルセニオスは神妙な面持《おもも》ちで語った。

「連日、我々の部屋に侵入者が現れているだろう。いままでお前の部屋にばかり現れていたが、いつ俺の部屋へやってくるかわからない。もしものときに、一緒に戦ってほしいんだ」

「もしものとき……一緒に、戦う……」

これはつまり、アルセニオスに頼られているということか。まさか、だって、クロエなんか足下にも及ばない強さを誇るアルセニオスが、自分を頼るだなんて。

これほど心ときめくことがあるだろうか！

「わかりました！　陛下のお命と安眠は、このクロエがお守りいたします！」

拳《こぶし》を握りしめ、腹の底から声を出して宣言する。

部屋へ侵入したが最後、不届き者は容赦《ようしゃ》なくたたきつぶしてやる！　そう決意しながら床に転がる剣を拾いに行ったクロエは、気づかなかった。

「これで、いざというとき助けられる」

と、アルセニオスが胸をなで下ろしていることに。

そして――

「それにしても、デメトリのもくろみ通りに進んだな」

今回の手合わせからアルセニオスの護衛依頼まで。すべてデメトリの提案だったということに。


剣の稽古を終え、令嬢として着飾り直してから国王の執務室へ戻ったクロエは、扉を開けるなり、部屋を満たす張り詰めた空気に驚いた。

部屋の奥では、執務椅子《いす》に腰掛けるアルセニオスと、その前に並んで立つヨルゴスとデメトリがいた。

三人とも、執務机をじっと見つめて黙り込んでいる。気になったが、いまは挨拶《あいさつ》をする方が先だと思い、扉の前で淑女《しゆくじよ》の礼をした。

「クロエ・ヘッケルト、ただいま戻りました」

声をかけて、やっとクロエの存在に気づいたのか、三人は勢いよく顔を上げた。

「……ああ、戻ったのか」

「はい。先ほどは、剣の手ほどきをしていただき、ありがとうございます」

「俺としても、久しぶりに身体《からだ》が動かせて有意義な時間だったから、礼はいい。それよりも、お茶を淹《い》れてくれないか」

「かしこまりました」

クロエは部屋の隅に控える侍女《じじょ》から茶器が載ったワゴンを預かり、毒が仕込まれていないか確認しながらお茶を淹れる。

注ぎ終わってもなお、三人は執務机の周りから動こうとしない。話し合いが終わらないのだろうと判断し、アルセニオスの分を執務机に置いてから、ヨルゴスとデメトリへ直接カップを手渡した。

「クロエ、お前に話しておきたいことがある。残りなさい」

取り込み中だからいったん部屋を辞そうか、と思っていたクロエを、ヨルゴスが呼び止める。指示通り、本当に自分が残ってもいいのだろうか、と思ってアルセニオスへと視線を向ければ、彼は黙ってうなずいた。

促されるまま、ヨルゴスの隣へ移動する。すると、執務机に広げられた紙を差し出された。

お茶を出したときからこの紙の存在には気づいていた。しかし、三人の様子からして、自分ごときが見ていいわけがないだろうと、あえて中身を見ないようにしていたのだ。

それが、いま、読めとばかりに掲げられている。

なんとなく、やっかいごとの匂《にお》いを感じ取りながらも、クロエは黙って受け取る。見るからに上質そうな紙は、感触もさらっとしていて心地いい。どうでもいいことを考えて現実逃避をしていたクロエは、記載されている内容を読んで、眉根《まゆね》を寄せた。

「アレサンドリ神国の王太子ご夫婦が、周辺国を外遊されるそうです。我がルルディも、是非《ぜひ》訪問したいと申し出がありました」

記載された文章の概要《がいよう》をデメトリが説明する。クロエが仰々《ぎょうぎょう》しい文言の並ぶ要望書から視線をあげると、ヨルゴスが口を開いた。

「近々、アレサンドリは王位を王太子へ譲《ゆず》る、という噂《うわさ》が出ておる。おそらくは、王位を継ぐ前に周辺国へ顔見せするつもりなのだろう。ただ、ベゼッセンと我が国を歴訪することから考えるに――」

「二年前の革命以来、不安定な二国の視察も兼ねているだろうな」

アルセニオスは重々しいため息とともに言う。

アレサンドリ神国とは、隣国ベゼッセンを間に挟んだ国で、ルルディとは比べ物にならない国力を誇る大国だ。

二年前、アルセニオスが革命を起こした頃、ルルディにはアレサンドリから派遣された薬師《くすし》がいた。ルルディが混乱する中、アレサンドリは薬師を保護するため使者を派遣した。それを、ベゼッセンが阻《はば》んだのだ。

当時、ベゼッセンは王女アティナを担《かつ》いで、アルセニオスから王位を奪おうと画策していた。件《くだん》の薬師がアティナのそばにいたため、彼の身柄を確保してアレサンドリに恩を売ろうと考えていたのだ。

　ルルディとの国境を閉ざしてアレサンドリの使者を足止めしたわけだが、浅はかな時間稼《かせ》ぎはアレサンドリ側にばれたらしく、ここ二年、ベゼッセンは周辺国から孤立しつつある。

『アレサンドリ神国の不興を買ったらしい』

　そんな噂が立つだけで、周辺国からの風当たりが強くなる。それだけの影響力が、アレサンドリ神国にはあった。

　そして、対外的な不安はやがて国内にも悪い影響を及ぼす。最近は国内外ともに情勢が不安定となっていた。

「王太子夫妻は、我がルルディにとって将来を左右する大事な客人だ。盛大におもてなしをするから、お前も俺の婚約者としていろいろ手伝ってもらうことになる」

　夫婦での外遊とはいえ、ずっとふたりべったりで行動するわけではない。王太子が各国の幹部と会談する間など、ひとりとなった王太子妃をもてなすのは王妃の――この場合、クロエの役目である。

「わかりました。このクロエ、陛下の婚約者（仮）として、お役目を全《まっと》うしてみせます」

　アルセニオスのパートナーとして夜会に参加するのかと思うと憂鬱《ゆううつ》な気持ちになるが、婚約者（仮）を引き受けたときから覚悟はできている。

　うなずいたアルセニオスはあごに手を添え、視線を斜め下へ向けた。

「王太子夫妻が来訪する前に、少しでも国内を安定させたい。そのためにも、そろそろ国境を守る辺境伯を押さえるべきだろう」

城内にて国を動かしている有力貴族については、宰相《さいしょう》の孫であるクロエが婚約者となったことで、不穏な空気は落ち着きつつある。

アルセニオスの生家であるフロステル家は由緒《ゆいしょ》正しい貴族であるから、血筋云々《うんぬん》で文句を言われる心配はない。さらに、現宰相ヨルゴス率《ひき》いるヘッケルト家がついたことで、彼の国王としての地位はより盤石《ばんじゃく》になった。

しかしそれは、王都周辺の貴族に対して言えることであり、辺境伯には必ずしも当てはまらない。

辺境伯は国境を守っている。そのため、騎士団よりも規模が大きい軍を持つことができ、領地も比較的広い。国王に任命権があるといっても、だからといって理不尽に爵位を奪えば、隣接する国と結託して反旗を翻《ひるがえ》されるかもしれない。彼らとの交渉には慎重さが必要となった。

辺境伯を任されるのは、絶対に国を裏切らない、忠誠心が厚い誠実な人間だ。かつ、他国が攻めてきた場合の前線基地を指揮するのだから、冷徹な判断を迷いなく下せなければ務まらない。

そんな彼らは当然ながら、前ルルディ王家を滅ぼしたアルセニオスたちを快《こころよ》く思っていない。

いくら前王の治世が救いようのないものだったとしても、先祖代々辺境伯としてルルディ王家に忠誠を尽くしてきた一族ばかりがそろっている。この二年、表だって敵対するような真似《まね》はしていないが、ルルディ王家を滅ぼしたアルセニオスに、そう易々と恭順できないのも無理はない。

「辺境伯は国境警備の要だ。彼らの恭順なくして国内の安定はありえない」

「ですが、ひとりひとりと顔を合わせ、信頼を得るだけの時間はありません」

デメトリの指摘に、アルセニオスはうなずく。

「王都で国政に関わっている有力貴族たちが互いにつながっているように、辺境伯も独自につながっている。全員に会えないのならば、影響力の高い辺境伯に会うのが得策だろう」

有力貴族に対してはヨルゴスがにらみをきかせている。同じように、辺境伯たちへ働きかけてもらえる人物を作ればいい。

「カルピオマ辺境伯が最善かと思います」

誰を選べばいいかと考え込むアルセニオスとデメトリへ、ヨルゴスが告げる。

顔を上げたアルセニオスは、怪訝《けげん》な表情を浮かべた。

「カルピオマ辺境伯は今代より辺境伯を賜《たまわ》っている。他の辺境伯からすれば新参者だろう」

カルピオマ家はもとは子爵と、爵位があまり高くなかった。しかし、今代当主の実直な人柄を気に入った先々代ルルディ国王が、辺境伯に大抜擢《だいばってき》したのだ。

ちなみに、王女アティナが生前治めていた領地フィニカは、現在、カルピオマ辺境伯の三男が領主となって治めている。

カルピオマ辺境伯が治める領地には港があり、彼が領主となってからは他国との交易に力を入れ、領地全体が活気づいていることは承知している。

だが、自分たちの長い忠誠の歴史を尊《とうと》ぶ他辺境伯からすれば、カルピオマ辺境伯は新参者でしかない。

納得しかねる表情のアルセニオスへ、ヨルゴスは自信満々で言った。

「クロエ。現在、辺境伯の中で最も勢いがあるのは誰だ？」

唐突《とうとつ》に話を振られたクロエは、逡巡《しゅんじゅん》するそぶりもなく即答した。

「カルピオマ辺境伯です」

「その根拠は？」

「カルピオマ辺境伯は交易で成功しただけでなく、そこで得た利益で領地の治水や開墾《かいこん》を行いました。商業面だけでなく、生産力も強化されたことで治安も向上し、結果、領地全体が豊かになっております」

「では、辺境伯の中で一番影響力が強いのは？」

「カルピオマ辺境伯です。彼《か》の方は領地を富《と》ませた方策を秘匿《ひとく》することなく、他の領主に教授したそうです。その際、資金援助も行っているため、辺境伯のほとんどがカルピオマ辺境伯に頭が上がらないはずです」

　アルセニオスは国王にふさわしくない間抜け面《づら》でクロエを見つめている。

　ただのいち騎士が、カルピオマ辺境伯が行った領地改革だけでなく、さらに、他辺境伯とのつながりという、アルセニオスも知らなかった事実まで把握《はあく》していることに驚いているのだろう。

「無償で情報提供しただけでなく、資金援助まで？　どうしてそこまで破格の対応をしたのでしょう」

　黙ってクロエたちの会話を聞いていたデメトリが、初めて疑問を口にする。ヨルゴスは含みのある笑みを浮かべた。

「カルピオマ辺境伯は新参者であると自覚しておったのだろう。先々代王からの信頼が厚かった分、先王からは邪険《じゃけん》にされておった。辺境伯として一応信頼はされていても、国王の気分次第でいつ何時手のひらを返されるかわからぬ状況。自衛のために、辺境伯との繋《つな》がりを求めたのだ」

　納得したデメトリは、ヨルゴスとともにアルセニオスへと顔を向ける。ふたりの注目を一身に浴びた彼は、頭痛がするのかこめかみを指で押さえた。

「ふたりとも、説明しろ。クロエがなぜ、こんなにもカルピオマ辺境伯について詳しいのか」

「カルピオマ辺境伯だけではございません。これくらいの情報であれば、ルルディすべての貴族を記憶しております」

デメトリの返答を聞き、アルセニオスは「は？」と目を見開く。ヨルゴスはにやりと笑った。

「クロエは一度目にした文章は決して忘れません。ゆえに、私が手に入れた情報はすべて、彼女の記憶の中にしまってあるのです」

「それでは、クロエが危険にさらされないか？」

ヨルゴスの話が本当なら、クロエは機密情報が入った金庫と同じだ。

「心配はいりません。陛下がいままで抱いていたイメージ通り、クロエはおバカです。彼女がこれほどの情報を記憶しているなど、誰も思わないでしょう。それに、宰相様がクロエの記憶力を利用していると知っているのは、私だけです」

「ちょっと、デメトリ様。おバカは言い過ぎじゃありませんか？　これでも家庭教師の先生には天才だと言われたんですよ」

「その前に、普段は猿にしか見えないのに、とくっついていたでしょう。嘘はいけません」

言い返す言葉が見つからず、クロエは口をとがらせた。

「確かに、クロエの驚異的な記憶力は、普段の態度からは想像もできない事実だった。しかし、情報の重要性を把握せずにぽろりと話してしまわないか？」

バカだけに。という声がクロエの脳内に響いた気がした。

「ご心配には及びません。私が与えた書類で覚えた事柄は、指示がない限り決して口外いたしません。それくらいの分別《ふんべつ》はありますから。もちろん、手に入れた情報を使ってなにか悪巧《わるだく》みをする、という心配もございません」

「クロエはバカですが愚《おろ》かではありません。バカ正直なだけです。情報をため込んでも、それを使ってなにかしようとは思わないんですよ。まさにおバカな天才」

「宝の持ち腐れのような……」

アルセニオスはクロエを見る。その目はどう見ても呆《あき》れていた。

「いえいえ、腐ってはおりませんよ。私が有効活用いたしておりますから。主と認めた者が望めば、クロエは惜《お》しむことなく記憶を差し出すはずです」

「主と、認めた者……。クロエを婚約者に選んだ理由は、それか」

「私が国王と認めたお方であれば、必ずやこの宝を使いこなしてみせましょう」

ヨルゴスは笑みを深める。まるで、挑発するかのように。

アルセニオスは視線を机へと落とし、しばらく迷っていたが、意を決して顔を上げた。

「クロエ、教えてほしい…………デメトリの、現在の懐《ふところ》具合を」

「はあぁっ!?」と、思わずといった風に声をあげたのはデメトリである。彼が「ちょっ、え……陛下！　いったいなにを……」とわたわたしている間にも、クロエは口を開いた。

「デメトリ様は貴族ですが次男であるため、個人的な資産は所有しておりません。陛下が騎士団長補佐を担っていた頃から側近として仕えておりましたから、それなりの額の給金を得ております。が、それを使って屋敷を買うこともなく寮住まい。使用人も抱えておりませんので、貯蓄はそこそこあるかと」

「こら、クロエ！　俺の個人情報を目の前でぺらぺらと話すんじゃない！」

「では、デメトリはなぜ屋敷も持たずに財をため込んでいるのだと思う？」

「なっ、なにを訊いて……」

「おそらくは、結婚が決まってから、妻となる相手とともに新しい住まいを探したいのだと思います。それに、先ほども申しましたとおり、デメトリは次男です。しかも傍系《ぼうけい》のため実家の爵位は子爵。将来陛下の側近にふさわしい爵位と領地をいただくことになるでしょう。人生の転機といえるそのときに、自由に使えるお金が欲しいのだと思います」

「わあああああっ、やめろおぉっ！」

将来の出世に備えてこつこつとお金を貯めている。そんな甘塩《あまじょ》っぱい秘密を聞き、アルセニオスは口元を押さえてうつむいた。肩が震えているので、十中八九笑っているのだろう。

頭を抱えるデメトリへ、ヨルゴスがとどめを刺す。

「して、クロエ。デメトリにいい相手はおるのか？」

「陛下の側近ですから、将来性を見込んで様々な令嬢より狙われております。デメトリ様もまんざらでもなく、これまで何人かと親密になられました。が、仕事の忙しさで会う時間がとれないことと、本人のけちくささのせいで令嬢側が幻滅し、振られる。を繰り返しております。

ちなみに、最後に別れたのは二月前《ふたつき》です。その際の令嬢の言葉は『堅実なのは悪いことではないのだけど、ここまでくると器《うつわ》が小さく見えるのよね』だったそうです」

とうとうデメトリは立っていられずその場にくずおれた。

「二ヶ月前って、お前……あの、ひどい二日酔いになっていた時のことか」

「私に愚痴《ぐち》をこぼしていたとき、それはもうしこたま飲んでおりましたので、おそらくは陛下のおっしゃる通りかと」

面白がって聞き出したアルセニオスだが、当時の様子を思いだしたのか、表情を引きつらせる。対するデメトリも、四《よ》つん這《ば》いになったまま うんともすんとも答えない。

ヨルゴスは孫がとてつもないダメージを負って倒れているというのに、知らぬふりで言った。

「陛下、クロエの価値がわかりましたかな？」

「……あぁ、思いの外《ほか》恐ろしい力であると理解した」

アルセニオスはヨルゴスの隣に控えるクロエを見つめる。

自分のなにがデメトリをこんなにも落ち込ませたのか、クロエにはさっぱりわからなかったため、とりあえず首を傾《かし》げておいた。

「それでは、一番最初に押さえる辺境伯は、カルピオマ辺境伯でいいな」

落ち込んでしまったデメトリが回復するのを待って、アルセニオスは告げる。

きりっとした表情を作る彼へ、デメトリは厳しい視線を向けた。

「なんだ、デメトリ。この決定に不満があるなら言ってみろ」

「不満などありません。強《し》いて言うなら、人が落ち込んでいる横で優雅にお茶を飲み始めたことですかね」

クロエたち三人は、ソファに座ってお茶を飲んでいた。デメトリがそれはもう深く落ち込み、いつ復活するのかわからなかったため、ティータイムにしたのだ。

「まぁまぁデメトリ様、ちゃんとあなたの分のお茶も淹《い》れてあるんですよ」

「ありがとうございます……って、これ冷めているじゃないですか！」

突き返されたカップは、湯気がたっていないどころか、冷めきっている。

「あら本当。まるでデメトリ様を捨てた令嬢のようですね」

「ぐはっ……！」

とても自然に傷口をえぐられ、デメトリは片膝をついた。

新しいお茶を淹れようと立ちあがったクロエは、デメトリのつむじを見下ろしながらころころと笑った。

「まぁまぁデメトリ様、そんな落ち込む必要なんてありませんよ。デメトリ様の堅実さをみみっちいと評価する令嬢と結婚したところで、遅かれ早かれ破綻《はたん》してしまうでしょう。それよりも、理解してくれる女性を探せばいいんです」

予想外に真っ当な慰《なぐさ》めを口にしたため、デメトリは戸惑いつつも顔を上げた。

そんな彼に、クロエは新しく淹れ直したお茶を差し出し、言う。

「次からは、顔と身体《からだ》だけが取り柄の女性ではなく、中身で選びましょうね」

上げて落とすかのごとき攻撃は、一直線にデメトリの心を刺し貫く。的《まと》を射《い》ているだけに言い返せなかった彼は、湯気のたつカップを恭《うやうや》しく受け取り、おとなしくひとり掛けのソファに座った。

「さて、と……くだらない女にばかり引っかかる孫に仕置きをしたところで――」

「ここまでのくだりがすべて仕置きだったのかよ」

アルセニオスの的確なつっこみをさらっと無視して、ヨルゴスは言葉を続ける。

「カルピオマ辺境伯を、どのようにして味方につけるおつもりで？」

カルピオマ辺境伯は、アルセニオスが革命を起こした際、すぐに恭順の意を示して単身王都へ上ってきた。対抗勢力をあらかた片付けるのを見届けたあと領地へ戻り、それきりひきこもっていた。

「カルピオマ辺境伯と、直接会って話してみようと思う」

「呼び出したところで、素直に来るかどうか……」

「いや、俺から出向こうと思っている」

「それは、非公式に、ということですね？」

ヨルゴスの問いに、アルセニオスはうなずく。

国内が十分に安定していないこの状況で、アルセニオスが王都から離れるのはよろしくない。また、大々的に動けばそれだけ時間がかかってしまう。

いまは一分一秒さえ惜しい。そんな余裕はない。

「なんの策もなく会ったところで、向こうが応じるとは思えませんが?」

「それはわかっている。だが、カルピオマ辺境伯ならば、話を聞いてくれるだろう」

「その、根拠は?」

問いかけるヨルゴスの声がわずかに低くなる。失敗が許されないこの状況で、根拠のない賭《か》けなどできないと思っているのだろう。

アルセニオスにもそれがひしひしと伝わっているのか、うつむいて目をすがめ、「明確な根拠は、ない」と絞《しぼ》り出すように答えた。

クロエは眉《まゆ》をひそめた。『明確な』根拠がないとは、根拠の足がかりみたいなものが彼の中にある、という意味だろうか。

ヨルゴスも同じ違和感を覚えたのか、頭ごなしに反対せず、何事か考え込んでいる。

「……陛下、質問があります」

息ぐるしいくらいに張り詰めた空気を裂いて、クロエが許可を求める。うつむいていた顔を戻したアルセニオスが、視線で促した。

「私の記憶をさらった限りでは、カルピオマ辺境伯は実直で、自分の感情より国や領地、そこで暮らす人々のことを優先する人格者です。ですがそれは、結局のところ私が勝手にそう感じ取っただけで、必ずしもそうだとは限らないのです」

ヨルゴスが抱える間諜《かんちょう》は誰も素晴らしい腕を持っているけれど、対象の心をのぞけるわけではない。だから、その人の真実なんてわからない。

「陛下は、カルピオマ辺境伯が信頼するに足る人物だと思いますか？」

アルセニオスの目をまっすぐに見つめて問いかければ、彼は背筋を伸ばして真っ向からその視線を受け止めた。

「当然だ。カルピオマ辺境伯は、人としても、領主としても素晴らしい人物だと思っている。だから、俺は話をしたい。直接会って話さなければ、あの人は力を貸してくれないだろう」

それはもう大げさにうなずいてみせるから、クロエは思わず、笑みをこぼした。

「わかりました。陛下がカルピオマ辺境伯のもとへ向かうとおっしゃるのであれば、このクロエ、ともにゆきましょう」

ソファから立ち上がり、胸に手を当てて膝を折る。令嬢らしからぬ仕草は、騎士としての礼。

クロエは護衛騎士兼婚約者（仮）として、アルセニオスの望みを叶えようと決意する。

その様子を隣で見ていたヨルゴスは、嘆息《たんそく》するとともに頭を振った。

「昔から、クロエの勘は当たるのです。この子が陛下の決意に賭けると言うのならば、それだけの根拠をあなた様から見つけたのでしょう。私はそれを信じます」

「ヨルゴス……」

「なに、心配はいりませんよ、陛下。クロエの勘の強さのおかげで、私は今日まで生き残っているのですから」

茶化すようにヨルゴスは笑う。アルセニオスの迷いを振り払う、晴れやかな笑顔だった。

第二章　この感情はなんなのでしょう、陛下。

カルピオマ辺境伯と会う。そう決めたアルセニオスは、すぐさま早馬をカルピオマ領へと走らせ、自身も明日出発することにした。

「では、陛下。明日は早朝に出発予定です。長い旅路に備え、今日はもうお休みくださいませ」

一日の政務を終え、部屋へ戻ってきたアルセニオスを気遣うクロエの言葉は、ご本人から「いや、無理だろ」と否定される。

ここはアルセニオスの部屋で、もうすでに彼は寝る準備を整えているというのに、どうして無理なのだろう。

考えたすえ、クロエはある可能性に気づいてぽんと手を合わせた。

「ご安心ください！　不届き者はすべて私が成敗《せいばい》いたします。陛下の安眠を、何人《なんぴと》たりとも邪魔させはしません！」

「いやいや、無理だろ。そんなところに立たれては安眠も安心もない」

ベッドの上であぐらをかくアルセニオスが、クロエを指さしてため息を吐く。

自分のなにがいけないのだろう。クロエは辺りを見渡した。

アルセニオスの私室兼寝室は、茶系の色で統一された落ち着いた雰囲気《ふんいき》の部屋だった。ベッドを包む天蓋《てんがい》はえんじ色で、金の縁取《ふちど》りが豪奢《ごうしゃ》だ。染みひとつない純白のシーツの上には、深緑色の温かそうな毛布《もうふ》がかぶせてあった。

書き物机や衣装ダンスといった、人が隠れられそうなところはすでに調べてある。あとは背後の扉を警護しておけばいい。

そう、クロエはいま、扉に背を向ける形で立っていた。手にはいざというときのための棍棒《こんぼう》を持って、背筋をぴんと伸ばして立つ姿はまさに騎士だ。夜着姿でさえなければ。

「いやいやいや、違う。違うだろ！　確かに『もしものときに一緒に戦ってほしい』と言ったが、寝ずの番で警護しろとは言っていない！」

クロエはわからないとばかりに、瞬きを繰り返した。

「私が扉の前に立っているのがいけないのでしょうか。あ、もしかしてベッドから距離がありすぎるのでしょうか。でしたら、これでどうでしょう」

そう言って、枕元に立つ。

「そんなところに一晩中立たれて、眠れるかぁ！」

とうとう、アルセニオスの魂の叫びが部屋に響いた。その勢いのまま、がっくりとうつむいて両手で顔を覆《おお》ってしまう。

自分のなにがいけないのかわからず、クロエが直立のままおろおろしていると、しばしの間沈黙していたアルセニオスが、おもむろに顔を上げた。

「……よし、クロエ。確認させてほしい。お前は今日まで毎晩襲撃を受けていたわけだが、警戒してずっと起きていたのか？」

「いいえ。眠っておりました。私は騎士として訓練を受けておりますので、人の気配を察知すればすぐに目が覚めます」

「……うん。だよな。よし、ちょっと安心した。だったら、別に寝ずの番なんぞする必要はないだろう。これまで通り、気配を感じたら起きて、俺と一緒に戦ってくれればいい」

それもそうだと納得したクロエは、壁沿いに設置してあるふたり掛けソファへと移動し、寝転がった。

「おい、どうしてそこで横になるんだ」

「え？　だって、主と同じベッドで眠るなんて、できませんから」

「あぁ、うん。俺も騎士だったから、その気持ちはわかるぞ。でもなぁ……」

アルセニオスは両腕を組み、うんうんと悩み始める。

クロエはクロエで、若干《じやつかん》透け感のある夜着一枚では、いくら丈夫と自負していても風邪《かぜ》を引くかもしれないと考え、いったん自分の部屋から毛布を取ってこようと立ちあがった。

「おい、クロエ」

扉へと向かう背中に声がかかる。振り向けば、いやにまじめな表情のアルセニオスが、ベッドの上で正座していた。

「もしも、の話なんだが……この部屋に間諜が入り込んだとして、婚約者であるお前がソファで眠っているのを見たら、間諜はどう思う？」

「……私たちの関係が良好ではないと判断するでしょう。最悪、仮婚約だと感づくかもしれません」

答えるなり、クロエはベッドへと歩き出す。そのままの勢いで乗り上げると、驚き身を引くアルセニオスの目の前で正座した。

「陛下、尊《とうと》い御身と同じベッドで眠る不敬《ふけい》を、お許しください」

「気にするな。むしろ、仕事とはいえ、未婚の令嬢にこんなことをさせてしまい、すまないと思っている」

「いいえっ！　私は騎士として、陛下を守り、支えるためにいるのです。役目を終えるまで、不束者《ふつつかもの》ですが、どうぞよろしくお願いします」

両手をついて、深々と頭を下げる。令嬢らしい美しい所作《しょさ》に、アルセニオスが戸惑いながらも「こちらこそ、よろしく頼む」と答える。

姿勢を正したクロエは、「では！」と一言断りを入れ、そのままシーツの中に潜り込んだ。

「お休みなさいませ！」

かった。

そう挨拶《あいさつ》するやいなや、目を閉じる。次の瞬間には、細い寝息が聞こえてきた。

「……もう寝たのかよ！」

アルセニオスのつっこみは、どこでもいつでも夢の世界へ旅立てるクロエの耳には、届かなかった。

東の地にまだ朝日が半身を隠す頃。金色に輝く雲に見守られながら、クロエはカルピオマ領へと旅だった。

アルセニオスとふたりで乗り込んだ、家紋も飾りもない漆黒《しっこく》の馬車の前後を、数人の騎士が囲んでいる。馬で駆ける護衛騎士の中には、デメトリの姿もあった。

今日のクロエは、飾り気のない濃紺《のうこん》のドレスを纏《まと》っている。目の前に座るアルセニオスも、黒いベルベットコートとベージュのズボン。足下は剣の稽古《けいこ》のときにはく焦げ茶のロングブーツだった。馬車の周りを走る騎士たちも、騎士服ではなく旅人といった服装だ。

今回のカルピオマ辺境伯訪問は非公式であるため、仕入れに出かける商人夫婦とその護衛を装っていた。

クロエは客車の窓から外の様子をうかがう。しなやかな体躯《たいく》を誇る黒毛の馬を、デメトリが見事な手綱《たづな》さばきで乗りこなしている。自分も馬車ではなく馬に乗りたかったな、とうらやましくなった。

今日はまだ、王都と距離が近いから無理だけれど、明日以降、馬に乗ってもいいだろうか。

持ってきた騎士服に着替えれば、とくに問題はないはず――

「クロエ。言っておくが、お前の騎士服は置いてきたぞ。荷物から取り出しておくよう、あらかじめ侍女《じじょ》に指示を出しておいたからな」

「…………は、え、えええええっ!?」

クロエが驚愕《きょうがく》すると、アルセニオスは冷めた目でねめつけた。

「当然だろう。騎士服なんて持ってきた日には、馬に乗りたいとか言い出しかねないからな」

「な、なぜそれを!?」

「何日も一緒にいれば、お前の思考回路くらい読めるようになる」

「なんてこと……騎士たるもの、考えをそう易々と他人に読まれてはいけないのに……」

頭を抱えて落ち込むクロエを見つめながら、アルセニオスはぼやく。

「騎士以前に、女として男と同じベッドで眠ることに抵抗感を持ってほしいかな」

それはささやかな声すぎて、車輪がきしむ音に紛《まぎ》れて届かなかった。

「申し訳ありません、陛下。聞き取れませんでした」

「いやぁ、昨日はぐっすり眠っていたなぁ、と思ってな」

「そうですね。いつでもどこでも瞬時に眠りにつける、というのが私の特技なので！」

胸を張って自慢すると、アルセニオスは額を押さえて嘆息《たんそく》した。ふと、その目元にうっすらと浮かぶくまを見つけた。

「陛下、昨日はあまり眠れなかったのですか？　もしやっ……私の寝相が悪かったとか？　それとも、知らぬ間にいびきを……？」

いくら騎士として身を立てていこうと思っていても、一応、女である自覚はあるので、いびきをかくというのは恥ずかしい。慌てていると、アルセニオスは首を横に振った。

「心配ない。寝相もいびきも気にならなかった。なんというかなぁ、あんなに熟睡されると、むしろ眠りづらいというかなんというか……」

そうぼやいて、頭をかく。赤みがかった金の髪が、客車の窓からさす日光をうけて輝く。アルセニオスの髪は獅子のたてがみのように雄々《おお》しいが、指通りは柔《やわ》らかそうだな、とどうでもいいことが頭をよぎった。

「……あ、そうだ！　陛下、いまからお眠りになってはいかがですか？　どうせ、しばらくは客車に閉じ込められたままですし。よろしければ、膝枕をしますよ」

アルセニオスはぎくりと身体《からだ》をこわばらせ、信じられないものを前にしたみたいな目で見つめてきた。

「あれ？　膝枕、嫌いですか？　私の膝は、寝心地がいいと評判だったんですけど」

「…………ちなみに、誰が言っていた？」

「祖父です。あと、父や兄」

「なんだ、家族か。ヘッケルト家は、本当に仲がいいんだな」

長い長い息を吐いて脱力する。そのまま背もたれに倒れ込んだアルセニオスへ、クロエは補足した。

「そういえば、昔はデメトリにもしてあげたなぁ」

「なに!?」と身を起こす。

「あの頃は手加減ができなくて、剣の稽古でこてんぱんに伸《の》してしまうことが多々あったのです。デメトリが動けるようになるまで、膝枕をしてあげました。うふふ、いまではいい思い出です」

「…………………」

クロエが昔を懐かしむその端で、アルセニオスは窓からデメトリを見つめる。なぜだろう、そのまなざしからどことなく憐憫《れんびん》のようなものを感じた。

「それで、陛下。膝枕はどうされますか？」

「いや、いい。座ったままで十分休まる。なにかあったら、遠慮《えんりょ》せずに起こしてくれ」

せっかく休むなら、より寝心地がいいようにすればいいのに。そう思うクロエの視線の先で、アルセニオスは両腕を組んでうつむき、眠りについてしまった。

王都を出発した翌日、クロエとアルセニオスは今日も馬車の中にいた。

今回の旅は全員が体力に自信のある騎士であるため、最低限の休憩しかとっていない。おかげで、明日にはカルピオマ領へ入れるだろう。

昨日、アルセニオスが言っていたとおり、クロエの荷物に騎士服は入っていなかった。出発前日の夜、こっそり入れておいたというのに、そのさらに後、指示を受けた侍女が片付けてしまったのだろう。

おかげで、クロエは客車の中でただただじっとしていなくてはならなかった。

耳に届くのは、馬たちの蹄《ひづめ》の音。小さな四角い窓をのぞけば、今朝町で乗り換えた馬が力強く脚を動かしている。彼らにまたがって、風を全身に感じながら駆け抜けることができたなら、どれだけ気持ちがいいだろう。

しかし、いま自分はドレスを纏っている。ドレスでも馬に乗れなくはないが、目立ちすぎる。お忍びの旅でそれはまずい。

これはどんな拷問《ごうもん》だ。苦悩するクロエに、昨日、アルセニオスは言った。

「これも、精神修行だと思え」

ちょっと気持ちが楽になった。

だがしかし、精神修行だと思っても、二日続けばさすがに気分が滅入《めい》ってくる。眠る前の軽いトレーニングは続けているが、剣の鍛錬《たんれん》はできていない。アルセニオスや騎士たちと違い、女であるクロエが剣を振れば悪目立ちするからだ。仕方がないとわかっていても、鬱憤《うっぷん》はたまる一方だった。

なんの気兼ねもなく、思う存分身体を動かしたいなぁ。

そんなことを思っていたときだった。

「敵襲────！」

矢のように鋭い騎士の声が響き、馬車が急停止した。激しく揺れる客車の中で、クロエは両手を壁についてなんとか耐える。

揺れが収まるなり窓を開けて外を確認すれば、もうもうと上がる土煙の中、騎士が襲撃者と剣を交えていた。敵が乗り捨てた馬などが見当たらないことから、どうやら、街道沿いの森に潜んでいたらしい。

襲撃者たちの数はおよそ十数人。精鋭であるはずの護衛騎士が苦戦している様子から、相当な訓練を受けていると思われる。山賊《さんぞく》の類《たぐい》である可能性は低い。

「クロエ、お前はここに──」

「陛下はここで待っていてください！」

「あ、こら、バカ！　そんな格好で──」

アルセニオスの制止を無視して、クロエは客車から飛び出す。

ウズウズしていた。だから、考えるよりも先に身体が動いてしまった。クロエの頭の中を支配するのは、よし暴れるぞ！　のみである。

クロエの登場を見て、敵と戦うデメトリが嫌そうに顔をしかめた。そこでやっと、あとで怒られるなと思ったが、まるっと無視して敵へと向かった。

本来、おとなしく客車にこもっているべき女性が、自ら突進してきたことに驚いたのだろう。一瞬、敵は剣を振り上げるか否《いな》かで迷った。

その一瞬の迷いで、十分だった。

クロエは敵が剣を振り上げるより早く距離を詰め、剣を持つ手首をつかむ。そのまま地面へ向けて引っ張り、バランスをわずかに崩して倒れてくる頭に膝蹴《ひざげ》りを見舞った——のだが、あまり手応えを感じなかった。

おかしい。そう思って、やっと気づいた。

自分がいま、ドレスを纏っていることに。

令嬢然とした豪華なドレスではないけれど、スカートの下にはチュールを何枚も重ねたパニエをはいている。それがクッションとなって、膝蹴りの手応えを感じなかったのだろう。

やっと自分の失敗に気づいたクロエは、ここからどうしようかな、と考える。

幸いなことに、先ほどの膝蹴りがこめかみに命中したのか、目の前の敵は昏倒《こんとう》している。当初の目的である武器奪取を果たせたことだし、このまま攻撃することに決めた。

「攻撃が最大の防御である！」

先人の格言を言い訳にして、クロエは剣を振るう。その気迫に驚いたのか、それとももともと弱いのか、次々に敵を戦闘不能にしていった。

「ほぉう……なかなか面白いやつが出てきたな」

楽しげな声が聞こえてきたかと思えば、背後から強烈な殺気を感じた。

とっさに一歩前にずれて振り返り、剣を頭上に構えると、甲高《かんだか》い音とともに雷のような衝撃が落ちてきた。

衝撃の正体は、剣。

「いまのを受け止めるか。なかなかたいしたものだ」

受け止めた両手がしびれるほど重い一閃《いっせん》を放ったのは、飢《う》えた獣のように獰猛《どうもう》な雰囲気《ふんいき》の男だった。

白に近いクリーム色の髪は癖毛《くせげ》なのか顔周りを派手に飾っている。アルセニオスの髪も獅子のたてがみを彷彿《ほうふつ》とさせるが、この男の場合は獅子というより虎だ。

縄張り意識が強く、なによりも自分の力を信じ、泥臭《どろくさ》く戦う。クロエの直感はそう評価した。

押しつぶそうとする剣をいなして、クロエは飛び退く。しかし、ほっとひと息つく暇もなく、男は距離を詰めて次なる一撃を振り下ろした。

耳障《みみざわ》りな高い音を何度も響かせて、男と剣を交える。押され気味ながらもなんとか持ちこたえていたクロエだったが、衝撃を逃がそうと大きく踏み出した後ろ脚が、スカートの裾《すそ》を踏んだ。

「うわっ……！」

バランスを崩してたたらを踏んだ脚が、さらにスカートを巻き込む。なすすべもなく尻餅《しりもち》をつき、勢い収まらず仰向《あおむ》けに転んだ。

視界に映るのは雲ひとつない快晴の空と、男が振り上げたのだろう剣の切っ先。

「クロエ！」

思わず瞼《まぶた》を閉ざしたクロエのに耳に届いた、切羽詰《せっぱつ》まった声と金属音。

はっと目を開けば、飛び込んできたのは柔らかくなびく夕日色。男の剣を受け止める漆黒《しっこく》の背中は、アルセニオスだった。

「へっ、陛――」

クロエは慌てて口を押さえる。ここでアルセニオスの正体をばらしてはいけない。

しかし、男は立ちはだかったアルセニオスを見て、にやりと笑った。

「やっと魔王さんのお出ましか」

魔王――それは、激しい粛清《しゅくせい》を行ったアルセニオスを侮蔑《ぶべつ》する者たちが口にする言葉だ。

アルセニオスは何度か国民の前に顔を出している。だから、顔を知っている者がいても不思議ではない。けれど、王城にいるはずの彼が現れて驚かないのはおかしい。

つまり、この男たちは、アルセニオスが馬車に乗っているとわかって襲撃したのだ。

「貴様……誰の指示で動いている？」

聞くだけで身も凍りそうな低い声をアルセニオスが発する。しかし、男は余裕の表情を崩さない。

「誰の指示も受けてねぇよ。そうだなぁ。強《し》いて言うなら、アティナ様かな」

「……聖王女の騎士、か」

「ご名答！」

剣をはじいた反動を利用して、男は距離を取る。アルセニオスはちらりとクロエの様子を気にしたが、すぐさま男が襲いかかってきた。

打ち付け合った剣が折れるのではと思うほど、激しい音が何度も響く。ふたりの実力は拮抗《きっこう》しているようだが、状況はアルセニオスの不利だった。

アルセニオスは、クロエをかばいながら戦っている。

剣をはじく際、男がクロエに近づかないよう気をつけ、常に自らの背中へ隠している。

護衛騎士に助けを求めたいところだが、あたりを囲むのは樹々ばかりで味方の姿どころか馬車すら見えない。どうやら男の剣撃を受け流そうと後ろへ下がり続けた結果、森の奥まで入り込んでしまったようだ。

守られている。

そう実感した途端、役立たずな自分が情けなくて、悔しくて、そして——

腹立たしかった。

勢いよく立ちあがったクロエは、萌葱《もえぎ》色のスカートをつかみ、自分の剣を振り下ろす。

びりびりと派手な音を立てて、スカートの膝から下が切り落とされた。

音に驚いて振り向いたアルセニオスと男が、目をむいて動きを止めている。クロエは剣を振り上げ、そこへ割り込んだ。

思わず後ろへ下がったふたりの間に、膝から下の素肌をさらして立つ。

「ク、クロエ、なんてことを……とにかくいまは下がれ！」

背後からかかるアルセニオスの指示を、「無理です！」とはねのけた。

「私は、陛下の騎士です！　陛下と一緒に戦うことはできても、守っていただくことはできません！」

「だからって、スカートを切ることは……」

「令嬢としての体面よりも、騎士としての矜持《きようじ》を私は重んじる。それだけです！」

言い切って、クロエは駆け出す。肩めがけて振り下ろした剣は、男がさらなる距離を取ったことで空振《からぶ》りした。

「面白いな、お前。まさかスカートを切るとは思わなかった」

すかさず追撃を試みるも、男に戦う気がないのかことごとくよけられてしまう。

「逃げるな！」

「嫌だね。もうそんな気分じゃない。それよりも魔王さんよ、女に守られるなんて、情けないんじゃないか？」

女であることを馬鹿にされたと感じたクロエは、言い返そうと息を吸い込むも、それより早く男が声をあげた。

「アティナ様から王位を奪って、今度は婚約者に守ってもらう。色男はやることが違うよ。俺には真似《まね》できそうにない」

「黙れ！」

不愉快な口を閉じさせせようと、クロエは斬りかかる。しかし、逃げに徹する男に切っ先がかすることすらない。

森の奥へ男が逃げこむと、呼応するように他の仲間もあとに続いていく。

「あ、こら待て！」

呼び止めたところで止まるはずもなく、男の気配はみるみる遠ざかっていった。

深追いは下策《げさく》だ。クロエは追いかけたいのをぐっとこらえ、それでもどうしても衝動を抑えきれず、男が走って行った方向へ向けて履《は》いていたハイヒールを力いっぱい投げつけた。

「いってぇ！」

少しの間のあと、男の情けない声が響き、森の木々から鳥たちが一斉に飛び立った。どうやら命中したらしい。

だいたいの居場所はわかったものの、すでに結構な距離がある。追いかけるのはあきらめるべきだ。命中しただけでもよしとしよう。

いまだむかむかする心を落ち着けるように、ひとつ息を吐く。いまはまずアルセニオスの無事を確かめることが先決だ、と振り返れば、目的の人物はすぐ真後ろにいた。

「うわっ！　びっくりした……。あの、陛下？」

声をかけても、アルセニオスから返事はない。口をへの字に曲げて押し黙っている。

先ほどの男の罵《ののし》りに憤《いきどお》っているのだろうか、と心配していると、突然、クロエを抱きあげた。

「へ、ぇぇえええっ！」

思わぬ事態に面食らいながらも、彼の首にしがみつく。いままで肩に担《かつ》がれたことはあれど、この、膝の裏と背中に腕を回す、いわゆるお姫様抱っこというのは初めてだった。訳がわからず混乱している間に、馬車の中へ戻ってきてしまった。

クロエを座席に座らせたアルセニオスは、後ろ手で扉を閉め、向かい合う位置に座る。

そのまま、両腕を組んで目を閉じ、押し黙ってしまった。

「あ、あの……陛──」

「クロエ」

「は、はい！」

うわずった声で返事をすると、アルセニオスは目蓋《まぶた》を開いてクロエを見据えた。

「どうしてこんな無理をした。スカートを切るなんて、なにを考えている」

「それは――」と言いかけた言葉を、アルセニオスは手をかざすことで制した。

「すまん、わかっている。お前は騎士として、主である俺を守ろうとした。わかっているんだ。でも、お前は騎士であると同時に、女性でもある。俺を守るために、女性として大切にしなくてはならないものを、捨てたりしないでほしい」

女性にとって、脚をさらすというのはとても不名誉なことだ。子供の頃ならまだしも、大人の女性は夫以外に脚をさらすべきではないと言われている。

アルセニオスはクロエの騎士としての判断を責めはしない。ただ、女性としての自分をないがしろにしたことを怒っているのだ。

騎士である自分と、女である自分。どちらも合わせてクロエだと認識しているからこそ言われた言葉に、ただただ戸惑う。

なにも答えられずにいると、静かに立ちあがったアルセニオスが上着を脱ぎ、クロエのむきだしの膝にかぶせた。

「次の宿に着くまで、それで隠しておくといい」

「あ、ありがとう、ございます」

「馬車から降りるときは、俺がまた抱きあげる。他の男どもに見られぬよう、その上着はずっと膝にかけておくように」

けがもしていないのに運んでもらうなんて、申し訳ない気持ちになる。けれど、これはクロエを心配するからこその提案だと痛いほどわかるから、おとなしくうなずいたのだった。

翌日。

世界に青い膜《まく》が張ったように感じる日の入り頃、クロエたちは目的地であるカルピオマ辺境伯の屋敷へたどり着いた。

カルピオマ辺境伯の屋敷は、港を抱える街にある。歴代の辺境伯は別の街に領主の館を構えていたのだが、彼《か》の人が領地を賜《たまわ》ったときにこの街で居を構えることにしたらしい。

これからの発展に、港は欠かせないと判断したからだろう。

先見の明を持つカルピオマ辺境伯の屋敷は、洗練《せんれん》された純朴《じゅんぼく》、といった屋敷だった。

白い木組みに鴇色《ときいろ》の壁というかわいらしい外観は、領主の館だけでなく街のほとんどの家屋が同じだった。街の中で最も大きい屋敷だが、街を見下ろすほど巨大ではない。門から玄関まで、手入れの行き届いた美しい庭がもてなしてくれる。他貴族の屋敷のように用途に合わせていくつも庭を保有しているわけではないものの、人の手が丁寧《ていねい》に加わっていて美しい。

屋敷の中も、やたらと飾り立てたりせず、要所要所で素晴らしい装飾品――たとえば玄関広間に入って正面に飾られた大きな絵は、見る者の心を洗うような幻想的な風景画だった――を配置してあり、客人をもてなそうという心遣いが感じられた。

そんな、控えめながら相手をきちんと慮《おもんぱか》る屋敷の主はというと、警戒心をほぐす柔らかな笑みをたたえる、まさに紳士の鑑《かがみ》といった男性だった。

「ご無沙汰《ぶさた》いたしております、陛下。本来であれば私のほうからうかがうべきでしたのに、陛下自ら我が領地へお越しいただき、恐縮いたしております」

応接間にて、アルセニオスやデメトリとともに対面したカルピオマ辺境伯は、国王の御前で跪《ひざまず》き、挨拶《あいさつ》をした。

後ろへなでつけた短めの髪には白が目立っている。だいたい、クロエたちの親と同じくらいの世代だろう。中年の貴族男性によく見られる肥《こ》え太った体型はしてはおらず、高い背と相まって格好いい。女であるのに、ついついこんな年のとりかたをしたい、と思ってしまった。

クロエが見とれている間にも話し合いは進む。許しを得てソファに座ったカルピオマ辺境伯へ、アルセニオスは事情を説明した。

「今回、そなたを訪ねたのは他でもない。是非《ぜひ》とも協力してほしいことがあるのだ」

「私にできることであれば、なんなりと」

「うむ。近々アレサンドリから王太子ご夫妻がやってくることは知っているな。相手は外遊と言っているが、実際はいまだ不安定な我が国の視察を兼ねていると思われる。今後、アレサンドリと良好な関係を続けていくためにも、王太子夫婦が訪れる前に、辺境伯たちを恭順《きょうじゅん》させたい」

「……はて、不思議なことを申されますな。ルルディの王はアルセニオス陛下でございます。我々辺境伯は、あなた様に変わらぬ忠誠を誓っておりますよ」

わざとらしく首を傾《かし》げる姿がお茶目に見える。感心するクロエの隣で、アルセニオスが「建前《たてまえ》はいい」と切り捨てた。

「一部の辺境伯は、ルルディ王家を滅ぼした私を快《こころよ》く思っていない。国を裏切ることはないだろうが、私を王とは認めていないだろう。そこで、そなたに協力を頼みたい」

「ほう。なにをすればよろしいのでしょう」

「私の後ろ盾となってほしい」

ある程度予想はしていたのか、カルピオマ辺境伯は驚くことなく笑みを深めた。

「陛下にはすでに、ヘッケルト侯爵家がついております。私のような、新参者の辺境伯が味方したところで、なんのお力にもなりますまい」

「謙遜《けんそん》などしなくていい。試行錯誤《しこうさくご》しながら見つけた方策を他人に教えるなど、そうそうできることではないからな」

こちらが他辺境伯との繋《つな》がりを把握《はあく》しているとわかるなり、カルピオマ辺境伯は溶かすように笑みを消した。

「……陛下は、私に他辺境伯を脅《おど》せ、と申されるのですか？」

「そんなことは言っていない。ただ、カルピオマ辺境伯は私を支持すると、明確な態度で示してほしいのだ」

「態度……とは、いったいどのような？」

「王都へあがり、ヨルゴスとともに私の補佐をしてくれないか」

「補佐？」と、カルピオマ辺境伯は呆《ほう》けた顔をした。しばしの間の後、突然、快活に笑った。

「てっきりたいそうな貢物《みつぎもの》でも要求してくるかと思ったのに、私を補佐に、とは……」

笑い混じりにそうつぶやく姿は、先ほどまでの穏やかな紳士からがらりと変わり、海の男といった雰囲気《ふんいき》だった。

あまりの違いに、アルセニオスもクロエも、デメトリさえも啞然《あぜん》とした。先ほどまでの優しくもかわいらしい老紳士は猫かぶりだったのだろうか。だとしたら、なんと立派な猫だろう。

感心とも困惑ともとれる複雑な気持ちをもてあましていると、やっと笑いが落ち着いたらしいカルピオマ辺境伯が、改めて紳士の仮面を被《かぶ》り直し、言った。

「よろしいでしょう。あなた様への忠誠の証《あかし》として、王都へ上がります。ただ、私ももう年でございます。王都までの長い旅路は、少々つらいゆえに、将来私のあとを継ぐ、長男をお連れください」

カルピオマ辺境伯は、部屋の隅に控えていた執事に視線だけで合図をする。主の意を正しく汲《く》んだ執事は、一礼して部屋を出て行った。

「私としては……そなたに来てほしいのだが」

「申し訳ございません。それだけは、どうかご容赦《ようしゃ》を。身内びいきかもしれませんが、息子は優秀です。武にばかり長《た》けた次男や、文官としては優秀ですが少々気が小さい三男と違い、文武、どちらにも優れております。まぁ、少々性格がひねくれてしまいましたが」

カルピオマ辺境伯自慢の息子らしい――そう思い知るほど絶賛したかと思えば、最後の最後で爆弾を投下してきた。

つまり、文武どちらにも優れた結果、性格に難が出てしまったということだろうか。

どのようにひねくれているのか、詳しく話を聞くより早く、執事がくだんの人物を連れてきてしまった。

入ってきたのは、濃紺《のうこん》の短い髪を、父親と同じように後ろへなでつけた男。すらりと高い背を生かして、丈《たけ》の長いコートを羽織《はお》っている。切れ長の目はつり上がり、高い鼻や細くとがったあごと相まって、相手を突き刺すような鋭い印象を与えた。

「長男の、ニコラスです」

「ニコラス・カルピオマと申します。陛下のお顔を拝見する機会をいただき、恭悦至極《きょうえつしごく》にございます」

言葉だけなら恭《うやうや》しいが、父親が跪いて挨拶していたのに対し、息子のニコラスは頭《こうべ》を垂れるだけだった。つまり、父親と同じほどには忠誠心を持っていないのだろう。

ニコラスの態度を、カルピオマ辺境伯は注意しない。アルセニオス自ら、息子の忠誠を勝ち取れという意思表示だと思われる。

「ニコラス。お前には、私の名代として王都へ上がり、陛下の補佐を行ってほしい」

「父上の、名代ですか？」

ニコラスは父親の顔を見て、その後こちらへと視線を移す。目が合ったアルセニオスが、それで間違いないとうなずくと、また頭を下げてしまった。

「それが陛下のお望みであれば、この不肖《ふしょう》ニコラス、喜んでお供したいと思います。しかし、ここでひとつ問題があるのです」

「問題？」と問いかけると、ニコラスはお辞儀《じぎ》をしたまま顔を上げ、「実は……」と語り出した。

「いま、貴族たちの間で騒がれております、聖王女の騎士、でございますが…………誠にお恥ずかしい話なのですが、それを率《ひき》いておりますのは、我がカルピオマ家の次男、イオセフでございます」

わざとらしいくらい申し訳なさそうに告げられた事実に、

「…………は、ぁぁぁあああああっ！」

さすがのクロエたちも、全員、声を張り上げて驚いたのだった。

『聖王女の騎士』といえば、つい昨日襲撃されたばかりだ。つまり、あの襲撃者の中にイオセフが混じっていたということか。率いていると聞いて頭に浮かんだのは、アルセニオスを魔王とののしった男だった。

ニコラスの説明は、こうだ。

十年ほど前、先々代のルルディ国王からの覚えがめでたかったカルピオマ辺境伯は、フィニカで療養することになった王女アティナの世話を一任されたという。

父親とともに、カルピオマ三兄弟もフィニカへ移り、病弱なアティナの世話をして日々を過ごした。

「アティナ王女殿下は、我々にとって守るべきお姫様で、かわいいかわいい妹でもありました。成人まで生きられないだろうと言われていたあの方が、成人の日を迎えたときは、我がことのように喜んだものです」

アティナは生まれつき身体《からだ》が弱く、医者たちがさじを投げるほどだった。成人まで生き残れたのは、ひとえに、アレサンドリが遣わしてくれた薬師《くすし》のおかげだ。

「イオセフは、いつかアティナ王女殿下の騎士になりたいと口癖《くちぐせ》のように言っておりました。ですからどうしても、アティナ王女殿下が処刑された事実に、納得ができないのでしょう」

正統な王位継承者でありながら、生まれつき脆弱《ぜいじゃく》な身体だったアティナ。そのせいで王位を叔父《おじ》に奪われ、自らは辺境の地フィニカに押し込められるという不遇の人生を歩んだ。

クロエの良心は、彼女の境遇を哀れに思うが、貴族としての自分はまったく違う意見を持っている。

政務もまともにこなせない王族など、無為な権力争いを生む、火種でしかない。

非情に見えるかもしれないが、国民から血税を受け取る者として、それぞれの役割を全《まっと》うする義務がある。

目の前にいるカルピオマ辺境伯とニコラスも、クロエと同じ意見なのだろう。だからこそ、新たなる王アルセニオスへ忠誠を捧げる。

しかし、イオセフはそうではなかった。

「イオセフは知りたいのです。なぜ、アティナ王女殿下が処刑されなければならなかったのか」

それは、彼女がベゼッセンと結託してしまったから。クロエの考えが顔に出ていたのか、ニコラスは「わかっております」とさみしく笑った。

「あの処刑は、仕方がないことだった。イオセフも頭では理解しているのです。ただ、自分の心を納得させるために、がむしゃらに動き回っているだけ。それを、弟を慕《した》う我が軍の一部が追随《ついずい》して、聖王女の騎士などというたいそうなものに……」

「がむしゃら……？」

本当にそうだろうか。ふと、クロエの頭の中に疑問が浮かんだ。

がむしゃらに動いているだけの人間が、誰にも見咎《みとが》められることなく貴族の屋敷に忍び込めるだろうか。昨日、アルセニオスを襲撃したときも、彼には明確な目的があるように見えた。

「ひとつ、確認させていただきたいことがあります」

口を開いたのは、デメトリだった。会談中、ずっとアルセニオスとクロエの背後に控えていた彼は、祖父ヨルゴスを彷彿《ほうふつ》とさせる冷たいまなざしで、カルピオマ辺境伯とニコラスを見据えた。

「ここへ来るまでに、聖王女の騎士と名乗る集団から襲撃を受けました。今回の陛下の訪問は、一部の人間しか知らないはずです。彼らに情報を与えたのは、あなた方ですか？」

裏切りの嫌疑をかけられたというのに、目の前のふたりは焦ることなく笑顔のままだ。

「それはそれは、我が不肖の弟の愚《おろ》かな行い、申し訳ありません。ですが、我々からイオセフに知らせることはできません。あれの所在を、我々は知らないのです」

「所在を知らない？　それは、絶縁したということか」

「絶縁状態にある、といえるでしょう。イオセフはカルピオマ家に迷惑をかけないよう、出て行ってしまったのです。我々の話を聞いてすらくれませんでした」

すんなりとは信じづらい話である。しかし、嘘だと責める根拠も持ち合わせていない。

カルピオマ家でないのなら、いったいどこから情報が漏《も》れたのだろう。

クロエの疑問に答えを投げかけたのは、わずかにゆがんだ笑みを浮かべるニコラスだった。

「恐れながら、申し上げます。我々以外にも、陛下がお忍びで旅に出ることを知っている者がいるはずです。そちらから漏れたのでは？」

今回のお忍びについて知っているのはヨルゴスと、アルセニオスの身の回りを世話する使用人たちだけ。ヨルゴスが裏切ることはまずありえない。となると、使用人たちの誰かが情報を漏らしたということになる。

「城の中に、裏切り者がいると？」

アルセニオスが低く問いかける。横で聞いているだけのクロエでさえ身が縮こまる声だったのに、浴びせかけられているはずのニコラスは、どこ吹く風で笑っている。

「私はただ、可能性の話をしたまでです。だってそうでございましょう。我々が情報を流したのでなければ、他に裏切り者がいる。そして、陛下の情報を握るのは、ごく一部の人間だけです。それにあなたは、敵が多いようですから」

ニコラスはアルセニオスの目をのぞき込むように、軽く身を乗り出す。

「当人だけでなく、親兄弟、妻や子供まで巻き込んだ大規模な粛清《しゅくせい》。まさに魔王の名にふさわしい所行です。他貴族の意見も聞かず、ヘッケルト侯爵家とつながることで貴族たちをまとめようとしたのでしょうが、それは彼らにとって、新しい恐怖政治の始まりにしか見えなかったのでしょうね」

いやらしい笑みを浮かべながら、相手の急所をねちねちと攻撃する。なるほど確かに、カルピオマ辺境伯が評価したとおり、ニコラスの性格はひん曲がっているらしい。

アルセニオスを取り囲む貴族たちの動向や、ヘッケルト侯爵家とつながったことによるメリット、デメリットもきちんと把握《はあく》していることから、優秀だというのもうなずける。

カルピオマ辺境伯が、いかに公正な目で息子を見ていたかを確認できたところで、クロエは目の前に置いてあったカップをつかみ、半分ほど残っていたお茶をニコラスの顔めがけてぶちまけた。

よほど油断していたのか、それとも父親が評価するほど武には優れていなかったのか、彼はよけることなく顔面で受け止めた。

呆然《ぼうぜん》としているニコラスのとがったあごを、赤茶色の雫《しずく》が伝う。アルセニオスやデメトリ、カルピオマ辺境伯さえも唖然《あぜん》とする中、クロエは傾けたカップをソーサーに戻し、口を開いた。

「バカなことをおっしゃらないでください。陛下が魔王？　救国の英雄の間違いでしょう。それともあなたは、前王の悪政がどれだけ民を苦しめたのか、知らないとでもいうのですか？」

クロエは背筋を伸ばしてあごをそらし、いまだ前傾姿勢のまま動かないニコラスを見下ろす。

「確かに陛下が行った粛清は苛烈《かれつ》を極めました。ですが、それは国を作り直すために、後顧《こうこ》の憂《うれ》いを絶つ必要があったから。国の存続のために、陛下は自ら茨《いばら》の道を進んでくださったのです。讃《たた》えられこそすれ、貶《おとし》められる理由など、ありません！」

最初は冷静を装っていたのに、次第に声に熱が帯びてくる。背後でデメトリが「あーあ」と呆《あき》れている声が聞こえたが、そんなものすべて無視して、クロエはニコラスを力強く指さした。

「文句があるなら、あなたが先頭に立って革命を起こせばよかったでしょう！　領地に隠れて行動を起こさなかった者が、あとから文句を言う権利など、あるはずがない！　まずは行動で示しなさい、この自意識過剰《かじょう》な粘着男!!」

天井が高いからか、広い応接間を、クロエの声がこだまする。静まりかえった室内に、反響する声だけがいつまでも響いていた。

「……………ぶっ、ぐふ……ふはははははっ！」

突然、大きな声で笑い出したのは、ニコラスだった。

お茶をかけられたうえ、くだらないことを言うなと批難されたというのに、彼は腹を抱えて笑っている。戸惑いを隠せないクロエたちが、カルピオマ辺境伯へ視線で助けを求めれば、ため息とともに頭を抱えるだけ。もしや、被虐《ひぎゃく》趣味でもあるのだろうか、とクロエが戦慄《せんりつ》していると、やっと落ち着いてきたらしいニコラスが口を開いた。

「ちょっとした意趣返《いしゅがえ》しのつもりだったんだが、とんだ反撃を食らってしまった。いやぁ、へッケルト侯爵家のお嬢様は、とんだじゃじゃ馬だったようだな」

「これ、ニコラス。クロエ様は我々より身分の高いお方だぞ。言葉遣いをただしなさい」

ずっとニコラスを野放しにしてきたカルピオマ辺境伯が、ここでやっと息子に苦言を呈する。

しかし、注意するべきところが間違っているように思う。自分に対する言葉遣いよりも、アルセニオスへの非礼をわびるべきではないだろうか。

クロエが戸惑っている間にも、ニコラスは「それもそうだな」と答えて立ちあがる。

ソファから離れたのでどこへ行くのかと思えば、クロエの前に移動して、その場で膝をついた。

「正直に申し上げると、私は陛下のことを気にくわないと思っております。ですが、あなたになら、私の忠誠を捧げてもいい」

「…………へ？」

としか、答えられない。

この男はいったいなにを言っているのだろう。婚約者（仮）でしかない自分に忠誠を誓われても、なんの意味も成さない。

「なぜこうなったのかわからない、という顔をしていますね」

「当然です。そもそも、あなたが忠誠を誓うべき相手は私ではありません。陛下です」

当然の主張をすると、ニコラスは「そう、それ」と笑みを深める。

「信じると決めた相手を、まっすぐに信じ続ける強さ。私の揺さぶり程度では崩れないその信念が、私の心をとらえたのです」

「………はぁ？」

令嬢らしからぬ声が出たが、仕方がない。他になんと答えられるだろう。まったくもって意味がわからない。

混乱の極みにいるクロエがなにも言えずにいると、ニコラスは跪《ひざまず》いたまま手を伸ばす。クロエの手に触れる――というところで、第三者の腕が割って入った。腕はそのままクロエを包み、まるでニコラスの手からさらうように引き寄せる。収まった先は、アルセニオスの腕の中だった。

「貴様……どういうつもりだ？」

耳元に響くアルセニオスの声が、これまでと比べものにならないほど低い。どうやら相当怒っているらしい。それはわかるが、なにが彼を怒らせたのかが見当もつかない。

ニコラスといい、アルセニオスといい、いったいなにを考えているのだろう。

アルセニオスの腕の中で、クロエが大混乱に陥っている間にも、ふたりの会話は続いている。

「忠誠の証《あかし》として、手の甲に口づけをしようとしていただけですが？　まさか、クロエ様ではなく、陛下に忠誠を誓えとおっしゃるのですか？」

「お前の心はお前のものだ。忠誠を誓う相手を自分で選ぶ権利はある。だが、手の甲に口づけをする必要性はない」

「気分の問題ですよ」

「ふざけるな。お前の気分のためだけにクロエに触れるなど、許されるものか」

「あなた様の許可など必要ないのですよ。これは私とクロエ様の問題です。部外者は黙っていてください」

「クロエは俺の婚約者だ。よって俺は部外者などではない」

「あのー……」

「まだ結婚してもいないのに、独占欲が強いですね。重い男は嫌われますよ」

「クロエの信頼は、それぐらいでは揺らがない。お前もさっきそれを実感しただろう」

「ちょっと、ふたりとも……」

「確かに、信頼は揺らがないでしょうが、それだけであなた様は満足できるんですか?」

「な、なにを言って……」

「ふたりとも、私の話を聞いてくださぁあああい！」

腹の底からクロエは叫んだ。すぐそばに立つアルセニオスからすれば、耳が痛いほどの声量だったろう。抱きしめる腕はそのままで肩に顔を埋め、痛みに耐えていた。

ちょっと申し訳なく思いつつも、クロエは手をニコラスへ差し出し、言った。

「私へ忠誠を誓ったなら、あなたは陛下の力になりますか?」

ニコラスは切れ長の目を大きく見開く。そのまま数回瞬きを繰り返したあと、挑むように笑い、クロエの手を取った。

「あなたが陛下を信じ続ける限り、私は陛下に尽くすことを誓いましょう。それが私の、忠誠です」

「わかりました。あなたの忠誠を受け取りましょう」

承諾《しょうだく》するなり、ニコラスは手の甲に唇を落とす。

アルセニオスは黙りこんだまま、抱きしめる腕の力を強めた。

もったいぶるようにゆっくりと、ニコラスの唇が離れる。ずいぶんと長い口づけだったように感じるが、気のせいだろう、きっと。ぎりぎりと歯を食いしばる音が耳元で響くのも、幻聴に違いない。

「これで、あなたは陛下の味方ですね」

「そうですね。裏切ることはないと誓いますよ。ただし、王都へはご一緒いたしません」

「どうしてですか!?」

カルピオマ辺境伯がアルセニオスの味方についた、と知らしめるにも、ニコラスにはどうしても王都に来てもらわなければならない。だからこそ、手の甲への口づけを許したというのに、これではいたずらにアルセニオスの機嫌を損《そこ》ねただけではないか。

クロエがぷっと頬《ほお》を膨《ふく》らませてにらむと、ニコラスは意地悪く笑って膨らんだ頬をつついた。

それを、アルセニオスが叩き落とす。

「そんなかっかなさらずとも、ちゃんと王都へ向かいますよ。ただし、それはイオセフの件を解決できたなら……ですがね」

叩かれた手の甲をさすりながら、ニコラスは視線をアルセニオスへと移す。

「俺を、試しているのか？」

「当然でしょう？　イオセフひとり止められない人に、国を任せられませんから」

ふたりは無言でにらみ合う。息苦しい沈黙を終わらせたのは、アルセニオスだった。

「……いいだろう。今回の情報漏洩《ろうえい》も含めて、イオセフについて調べよう」

「我々が情報を漏《も》らしたわけではないと、信じていただけたようで、なによりです」

「信じてはいない。信じるだけの根拠がないからな。だが、お前のクロエへの忠誠は、信じられる」

よほど意外だったのか、ニコラスは虚を衝《つ》かれた表情をしたあと、にやりと、それはそれは意地の悪い笑みを浮かべた。

「私も、あなた様のことは認めておりますよ。なんてったって、クロエ様が信じるお方ですから。イオセフのことも、さぞ迅速《じんそく》に解決してくださるでしょう」

あくまで、クロエを挟んでの忠義を貫くつもりらしい。国王を相手に、なんて物言いだろう。不敬罪《ふけいざい》で処罰されても文句は言えない。

けれども、カルピオマ辺境伯を味方につける、という当初の目的はほとんど完遂《かんすい》できたと言える。

聖王女の騎士をなんとかするという、もともと抱えていた課題を最優先で片づけねばならなくなったが、まぁ上出来だろう。

いまは少しの時間も惜《お》しいとき。もう夜も更けていたため一泊だけお世話になったが、翌日のまだ夜も明けきらぬ頃、クロエたちは王都へ出立《しゅったつ》した。

「陛下、私も宰相《さいしょう》殿も、いつまでもあなたを支え続けることはできないでしょう。親ばかと思われるかもしれませんが、我が息子たちはいずれも優秀です。あなたを真の王と認めた暁には、必ずや役に立つことでしょう。手はかかりますが……どうか、よろしくお願いいたします」

見送りに来たカルピオマ辺境伯が、いざ馬車に乗り込もうというアルセニオスへかけた言葉だ。

一緒に見送りにやってきたニコラスに聞こえないよう、声を潜めて伝えたそれは、カルピオマ辺境伯の、偽りない心だったのだろうと思う。

ヨルゴスも、カルピオマ辺境伯も、いつかはアルセニオスのそばから去る。

頭ではクロエも理解していた。けれど、いざ本人から言われると、胸にくるものがあった。

結局のところ、ヨルゴスやカルピオマ辺境伯が後ろ盾についたところで、それは時間稼《かせ》ぎでしかない。国を背負って導いていくには、クロエやデメトリをはじめとした、新しい世代の信頼を勝ち得るしかないのだ。

「いつかはいなくなる……か」

「ヨルゴスのことか？」

無意識のうちにつぶやいた言葉に、アルセニオスが反応する。

目の前に主がいるというのに、呆《ほう》けていたと自覚したクロエは、ばつの悪さをごまかすように、苦笑いを浮かべた。

「すみません。カルピオマ辺境伯の最後の言葉が、なんとなく気になってしまって……」

「そうだな。俺も、いろいろと考えている。疲弊《ひへい》した国を一刻も早く立て直すため、先人の知恵はできうる限り借りようと思っていたが、もしかしたら、甘え過ぎていたのかもしれない」

「陛下、それは違います！　確かに、祖父たちがあなた様のそばにいられる時間は限られているでしょう。でも、だからこそ、彼らが支えてくれている間に、少しでも国をよくするべきだと思います」

「いまはただ、前を向け……ということか」

「その通りです。陛——」

「アルセニオス」

言葉を遮《さえぎ》って、自らの名前を唱えたため、クロエは「え？」と漏らす。

アルセニオスは、幼い子供に言い聞かせるように、ゆっくりはっきりとした口調で言った。

「アルセニオス、だ。俺のことは、アルセニオスと呼べ」

「そんなっ……陛下をお名前で呼ぶなど、恐れ多い！」

「お前は私の婚約者だ。それなのに、陛下などと他人行儀に呼ぶのは、不自然だろう」

アルセニオスの主張は、一理あるように思える。しかし、どうしていまさらになってそんなことを言い出すのだろう。クロエがアルセニオスの婚約者となって、もうすでに結構なときが経っているというのに。

「ほら、クロエ。練習だ。言ってみろ」

納得しきれていないが、有無を言わせぬ勢いで急《せ》かしてくるので、渋々口を開いた。

「ア……アルセニオス様」

「もう一度」

「アルセニオス様」

「もう一度」

「アルセニオス様」

いったい何度繰り返すつもりなのか。クロエが内心で恐々としたころ、無事、満足したらしいアルセニオスが笑った。

普段より幼く感じる、幸せそうな笑顔に、クロエは目を奪われた。

「クロエ」

「は、はい！」

「膝枕をお願いできるか？」

なんの脈絡もない、唐突《とうとつ》なお願いに、クロエは「へ、えっ、膝枕ですか？」と素《す》っ頓狂《とんきょう》な声を上げた。すると、アルセニオスは「ダメか？」と眉尻《まゆじり》を下げて問いかけてきた。

なぜだろう。クロエの良心にグサッと刺さった。

「だ、だめなんかじゃありません！　どうぞ、お使いください」

壁際に寄って座り直し、膝をたたいて宣言する。隣へやってきたアルセニオスは、ゆっくり慎重に頭をクロエの膝に載せた。

しっかりとした重みとともに、クロエの膝に赤みがかった金の髪が広がる。おそるおそる触れてみると、思っていたとおりふわふわと柔《やわ》らかい。柔らかいのにつやがあって、指通りがとても気持ちいい。

アルセニオスからお咎《とが》めもないので、クロエはそのまま彼の髪を撫《な》で続けた。

やがて、寝息が聞こえてくる。どうやら、アルセニオスは眠ってしまったらしい。

常に緊張感をはらんでいるアルセニオスが、自分の膝を枕に眠っている。そう思うと、なぜだかクロエの頬が緩《ゆる》む。

「ゆっくりお休みください、アルセニオス様」

髪を撫でながら、ひとりつぶやく。

なんだかとても、幸せな気持ちになった。


聖王女の騎士がまた襲撃を仕掛けてくる可能性を考え、行きとは違う道で王都へ戻る。その甲斐《かい》あってか、とくに問題なく王城へたどり着いた。

一週間ほど城を留守にしていたのだから、長い旅路のあとといえど、アルセニオスに休む暇はない。身なりを整えるなり、すぐさま執務室へこもることになった。昼過ぎに到着した、というのも要因のひとつかもしれない。

当然、クロエも侯爵令嬢にふさわしい装いに着替えてから、アルセニオスのもとへ向かう。休んでいていいと言われたが、騎士として、主が働くと言うのであれば、自分もそれに準じたかった。

執務室では、うずたかく積み上げられた書類の山に埋もれて、アルセニオスがせっせとサインを書いていた。部屋の隅にあるヨルゴスやデメトリの机も同じ状態で、客車の次は、執務室に閉じ込められるのか、と同情した。

アルセニオスのそばに侍《はべ》るのだから、クロエも同じ運命をたどることになるのだろう。しかし、掃除《そうじ》だなんだと身体《からだ》を動かしている自分と、執務机にへばりついているアルセニオスでは、雲泥《うんでい》の差があった。

せめて、おいしいお茶を淹《い》れよう。クロエはひとり、決心した。

天井に届きそうな書類の山は、根を詰めたところで今日明日で消えたりしないだろうからと、気分転換にお茶を楽しんでいた時だった。

「一大事でございます！」

いつになく取り乱した様子で、ヨルゴスが執務室へ駆け込んできた。

孫として、護衛騎士としてそばにいたクロエでさえ、こんなにうろたえるヨルゴスを見るのは初めてだった。

ノックもせず、それどころか入室許可すら取らずに国王の執務室へ飛び込んでくるなんて、あり得ない。よほどのことが起こったのだろう。

廊下《ろうか》を走ってきたのか、息が乱れている。それを整える暇もなく、アルセニオスのもとまで早足で近づいた。

「陛下、一大事です。アレサンドリの王太子妃が、単身で入国されました」

「なんだと!?」

アルセニオスは声をあげ、椅子《いす》を倒す勢いで立ちあがる。その振動で、書類の山がいくつか崩れてしまったが、いまはそれどころではない。

アレサンドリの王太子妃が、単身でルルディに入国した、だと？

予定では、一週間後に夫婦そろって訪問するはずだった。いまの時期は、ベゼッセンに滞在する予定である。

それがなぜ、ひとりで。

「問題は、それだけではありません。現バリシア領主とともに、すでに王城へ上がられました」

「なにぃ!?」

声にこそ出さなかったが、クロエも心の中で同じ叫びをあげた。

事前連絡もなく入国しただけでも驚きなのに、すでに王城に到着しているなど、信じられない。もし不測の事態が起きてカルピオマ領に足止めされていたら、王太子妃を出迎えることができなかった。

相手の都合を一切顧《かえり》みない王太子妃の行動は、ともすれば重大な外交問題にも発展しうる。

アレサンドリの圧倒的な国力ゆえに、こちらはなにも言えないけれど。

もしや王太子夫妻に何事かが起きたのだろうか。それで、王太子妃のみここまで逃れてきたのかもしれない。そう考えた方が自然だ。

「王太子ご夫妻がルルディを訪れるのは一週間後の予定だ。どうしてこんなことになった？」

正式な手順を踏んでいないため、謁見《えっけん》の間ではなく城内の一室にて王太子妃と面会する。アルセニオスはクロエ、デメトリ、ヨルゴスを後ろに引き連れながら、廊下を早足で進む。

「以前、ルルディに滞在していた薬師《くすし》は、王太子妃の兄君です。兄君からルルディの素晴らしさを聞き、たいそう興味を持たれた王太子妃は、ベゼッセンに王太子を残して、単身ルルディへやってきたようです」

なにかあったのかと緊張していただけに、ヨルゴスが語る内容は力の抜けるものだった。

まさかの観光目的……いや、ルルディを気に入ってくれたことは、純粋にうれしいことだ。

けれども、本当にそれだけが目的なのだろうか。

アレサンドリの王太子妃は聡明で慈悲《じひ》深い方だと評判だ。そんな人物が、外交問題にもなりかねないこんな暴挙に出るとは思えない。

若干《じゃっかん》の違和感はあるが、来てしまったものは仕方がない。こうなったら最大限のもてなしをして、ルルディをもっと気に入ってもらおう。そう腹をくくった。

王太子妃と面会を行うのは、王城の一室。ルルディの国花リンネをモチーフにした深紅の絨毯《じゅうたん》がひときわ目を引く部屋だった。壁紙は薄い桃色とクリーム色のストライプ、ソファは深いボルドーと、部屋全体が絨毯に合わせて調えてあった。

アルセニオスとクロエは部屋奥のふたり掛けソファに並んで腰かけ、ヨルゴスとデメトリがそれぞれソファの左右に控える。全員が見つめる先は廊下へ続く扉。面会の準備が調うまで別室に通されていた王太子妃がこの部屋へ案内されるのを、いまかいまかと待ち構えていた。

「アレサンドリ神国王太子妃、ビオレッタ・ディ・アレサンドリ様」

部屋にいる全員が見守るなか、部屋の扉が開かれる。その向こうから、現バリシア領主にエスコートされる形でひとりの女性が入ってきた。

その人は、派手に巻いた金色の髪に花冠をつけ、王の御前だというのにベールで顔を隠していた。彼女は王太子妃であると同時に、光の巫女《みこ》という立場も持ち合わせているから、もしかしたら、宗教的な理由で顔を見せてはいけないのかもしれない。

アレサンドリ神国の王太子妃は、女神のように美しい。そう聞いていたので、どれほどのものなのか見てみたい気持ちもあったけれど、仕方がない。雰囲気《ふんいき》から感じるに、美人なんだろうとは思う。

国の格ではアレサンドリのほうが上だが、個人の立場としては王太子妃よりアルセニオスが高い。許しが出るまで話しかけてはいけないため、部屋の中央で立ち止まり、淑女《しゅくじょ》の礼をとった。

「アレサンドリ神国の王太子妃よ。我がルルディまでよくぞ参られました。どうぞ顔をあげてください」

国王の許可を得て、やっと顔を上げた王太子妃は、アルセニオスへと視線を向ける――と同時に、身体を強張《こわば》らせた。

「ひぃっ……い、いやぁ！」

王太子妃は悲鳴をあげ、斜め後ろに待機していた現バリシア領主の背後に回り込み、身を隠した。

突然の行動に、皆が皆驚き戸惑うなか、王太子妃は身を震わせながらアルセニオスを指さした。

「なんて……なんて濃い闇を背負っているの！　恐ろしい！」

おびえる王太子妃の言葉を聞き、部屋の隅で控えていた使用人たちがひそひそとざわめく。ベテランであるはずの彼らが思わず声を漏《も》らしてしまったのだ。きっと、部屋の外で待機している使用人たちはもっと騒いでいることだろう。

部屋の外まで響くほど騒ぐ王太子妃を、現バリシア領主が必死になだめようとするが、落ち着きそうにない。アルセニオスに対して恐ろしいだのなんだの叫ぶだけでまともな会話もできず、仕方なく、面会は中断となった。


アレサンドリ神国というのは、光の神を王族の始祖《しそ》とする国だ。当然、国民たちは光の神を愛し、あがめ、同じように王族を尊《とうと》んでいる。

そして、王族の次に、いや、同じくらい敬《うやま》われる存在が、神の代理人として光の祝福を国民に授ける、光の巫女と呼ばれる女性だ。

光の巫女は、代々光の神によって選ばれるわけだが、今代の光の巫女は王太子妃が担《にな》っている。

そんな、政治的にも宗教的にも重大な役割を担う王太子妃が、アルセニオスを尋常《じんじょう》じゃないほど恐れた。ここにはいられないと泣き出し、王都を出てバリシア領へ向かったという。

「城に滞在できないほど恐れるなんて、よほど濃い闇でも背負っていたのでしょうか」

「革命の時の粛清《しゅくせい》は、苛烈《かれつ》を極めましたからね。闇くらい背負っているでしょうよ」

「処刑された者たちの怨念《おんねん》かもしれませんね。おぉ、怖い」

廊下を歩くクロエの耳に、貴族たちのささやきが聞こえてくる。

人の口に戸は立てられないというけれど、面会の結果があまり芳《かんば》しくなかったことは瞬く間に城内に広がっていた。おかげで、どこもかしこもさざめきで満たされている。

アレサンドリ内で多大なる影響力を持つ王太子妃に、アルセニオスは拒絶されたのだ。もしかすると、アレサンドリとの関係にも影響が及ぶかもしれない。

いまだ国内が安定していないこの状況で、アレサンドリににらまれるのだけは回避したい。そうなるくらいなら、いっそのことアルセニオスを王座から引きずり落とした方がいいのでは？　などと考える不届き者がちらほらと現れているのだ。

元々アルセニオスを快《こころよ》く思っていなかった一部勢力が、ここぞとばかりにあおっているだけだと、クロエもアルセニオスたちもわかっている。

けれども、決して気分がいいものではないし、このまま放っておいて万が一のことが起こってはいけない。

早急に対策を取らねばならなかった。


「クロエ様には、本当に感謝いたしておりますの。あなた様が陛下と婚約してくださったことで、私は候補から外れたんですもの」

国政を担う有力貴族の令嬢たちを集め、城内にてクロエ主催のお茶会を開いたときだ。目の前に座る令嬢が、カップを傾けながら言った。それに、左右に並ぶ令嬢たちが追随《ついずい》する。

「それまで、筆頭候補と目されておりましたものね」

「クロエ様が社交界に戻ってくださらなければ、危ないところでしたわ」

女性同士の人脈も大切だ。未来の王妃（仮）として、将来有力貴族の妻となるだろう令嬢たちと、懇意《こんい》にしておく必要がある。彼女たちの心をつかみ、名実ともに女性の頂点に立つことができれば、ヨルゴスやカルピオマ辺境伯とはまた違った形でアルセニオスを支えることができるからだ。

でもまさか、クロエが主催しているお茶会だというのに、未来の夫であるアルセニオスを悪く言う令嬢が現れるとは思いもしなかった。

「いくら王妃になれると言っても、あのような血が通っているのかさえ怪しい魔王と結婚なんて、絶対にしたくありませんわ」

婚約者候補筆頭だったという令嬢の言葉に、左右の令嬢が「そうだそうだ」と同調する。他の令嬢たちを見てみれば、皆真っ青な顔で彼女たちを見ていた。

どうやら、この三人が勝手に騒いでいるだけで、令嬢たちの総意ではないらしい。少しほっとした。

「クロエ様もおかわいそうに。あんな魔王と結婚させられるなんて……」

「クロエ様は責任感の強いお方ですから、断れないとわかっていてこのお話を進めたのでは？」

「あらまぁ、きっとそうですわ！　なんておかわいそうなクロエ様！」

三人は勝手に盛り上がり、呪文のようにかわいそうかわいそうと唱え始めた。

黙ってお茶を飲んでいたクロエは、カップを置くなり立ち上がる。まだお茶会は始まったばかりだというのに、主催者が立ちあがったため、三人はおしゃべりをやめてこちらを見上げた。

クロエは扇《おうぎ》を広げると、口元を隠して彼女たちを見下ろした。

「あなた方は、先ほどからなにを言っているか自覚がおありでしたか？　陛下を魔王と呼び、婚約などごめんだと吹聴《ふいちょう》して辱《はずかし》める。不敬罪《ふけいざい》に問われても言い訳できませんよ」

指摘されてやっと気づいたのか、令嬢たちは血相を変えて立ちあがり、頭を下げた。

「私たちは、陛下を愚弄《ぐろう》するつもりはありません。ただ……クロエ様にはもっと、ふさわしい方がいると思うのです！」

　婚約者候補筆頭だと名乗っていた令嬢が、スカートをつかむ手に力をこめ、震える声で反論した。

「なにを言っているのです。陛下以上に素晴らしい殿方《とのがた》など、おりはしません。いいですか、あのお方はこの国を救った英雄なのです。前王の時代、どれだけ民が苦しんできたのか、あなた方は知らないのですか？」

「それは、知っていますが……」

　令嬢たちは、顔を見合わせる。左右のふたりがあきらめて肩を落とすなか、リーダー格の令嬢だけは「でも！」と食い下がった。

「陛下は、アティナ王女殿下を処刑いたしました！　あのお方は、民たちの希望だったというのに」

「アティナ王女殿下はベゼッセンと結託し、国にさらなる混乱をもたらそうとしました。そのような方を、生かしておくことはできません。残念ですが、仕方のない判断です」

「それは事実なのですか？　真実は、別のところにあるのではないですか!?」

　令嬢が鬼気迫る表情で言いつのったため、クロエは「なにを言って……」とたじろぐ。

「陛下とアティナ王女殿下は幼い頃から交流がございました。フィニカの地へ療養に出られてからも、ふたりの交流は続いていたのです。それほど仲睦《なかむつ》まじかったふたりが、どうして敵対したのでしょう」

おや？　と、クロエは違和感を覚える。ここに来て、話がおかしな方向へ走り始めていることに気づいた。しかし、修正するいとまも与えず、令嬢は持論を展開する。

「陛下は、アティナ王女殿下を愛していたのです！　しかし、その愛は受け入れてもらえなかった。だから、アティナ王女殿下は処刑されたのです！」

「手に入らぬならいっそ、この手で殺してしまえ！」

「男のエゴですわ！」

ここに来て、左右の令嬢も息を吹き返した。それだけでなく、静観を決めていた他令嬢たちも興味津々《しんしん》に耳をそばだてている。

「そんな、自己中心的な愛し方しかできぬお方に、クロエ様はもったいないのです！　あなた様は、もっと誠実で優しくて、一途《いちず》に愛してくださる殿方と結ばれるべきです！」

いつの間にか淑女の礼をやめて熱く語り出した令嬢に、左右のふたりだけでなく、他令嬢たちもうなずいてしまっている。

彼女たちの主張はつまり、アルセニオスはアティナに片思いしていて、愛を告げたが受け入れてもらえず、その腹いせに処刑した、ということらしい。

「……ばかばかしい」

ため息とともにつぶやく。強く言ったつもりはなかったが、令嬢たちの耳にはばっちり届いていたらしく、この世の終わりのような顔でこちらを見ていた。

クロエは顔を隠していた扇をたたむと、あごを軽く持ち上げ、彼女たちを見下ろした。

「国の今後を左右するような決断に、私情を挟むはずがないでしょう。いいですか。私の生涯で忠誠を誓うのは、私に騎士という道を示してくれた祖父ヨルゴスと、国を救うために自ら苦しい道を進もうとする、アルセニオス様だけです。我が主を侮辱《ぶじょく》するなど、私が許しません！」

「そ、そんな……クロエ様は、陛下を愛してしまったのですね……うぅっ、なんてこと……」

なぜそうなる。思ったものの、修正しようとしても無駄なのだろう。呆《あき》れるあまり全身の力が抜けた。

「……今日のところは、もうお開きにしましょう。申し訳ありませんが、私はこれで失礼させていただきます。では、皆さんごきげんよう」

令嬢たちの視線を振り払うように背を向けて、クロエはお茶会会場をあとにしたのだった。

「……と、いうのが今回のお茶会の経緯です」

「うん。まぁ……ある程度は予想していたが、令嬢たちは俺たちの婚約に不服のようだな」

寝室のベッドの上で、クロエはアルセニオスと向かい合って正座しながら、今日のお茶会について報告していた。とはいっても、アルセニオスとアティナの関係に対する令嬢たちの勝手な憶測は伏せてある。あまりにバカバカしくて、伝える意味がないと思ったからだ。

「そうですね……自分は婚約者候補筆頭だったと申しておりましたから、私が選ばれたことが不服なのでしょう。私のような上辺だけの令嬢では、アルセニオス様にふさわしくないと思っているのでしょうね」

「いや、それたぶん、逆だから。俺のほうをふさわしくないと思っているからな」

「私がもっとしっかりしていれば……今日のようなお茶会にならなかったと思うのです。王妃が信じ尽くす陛下ならば、必ずや明るい未来を築いてくれる……そう思わせることこそが、今日のお茶会の意味だったというのに」

アルセニオスのつっこみは、自分のふがいなさを嘆《なげ》くクロエの耳には入らない。

今日のお茶会で、令嬢たちの支持を集めなくてはならなかったのに。むしろ自分たちの婚約が歓迎されていないと思い知った。

しょんぼり落ち込むクロエの髪を、アルセニオスが優しく撫《な》でる。顔を上げれば、眉尻《まゆじり》を下げた笑みを浮かべていた。

「俺は、魔王と恐れられているからな、仕方がない。お前になにか非があるわけではないんだ。気にするな」

それではまるで、すべての責任はアルセニオスだけにある、と言っているように聞こえる。

そんなことあるはずがない。あってはならない。

顔を上げたクロエは、両手でアルセニオスの頬《ほお》を包んだ。

「いいですか、アルセニオス様。あなたは、この国の民たちにとって英雄なのです！　死んだ方がましだと思う苦しみから解放し、食糧を与え、未来を夢見れる居場所を作ったのは、他ならぬあなたです。だから、どうか、ご自分が進んでこられた道を信じてください」

アルセニオスは目をはっと開いて動きを止める。その後、ゆっくりと息をはいて緊張をほぐし、クロエの手に自分の手を重ねた。

「……そうだな。誰がなんと言おうと、お前がそう信じてくれるなら、それでいい。なぁ、クロエ。もう少し、甘えてもいいか？」

アルセニオスは首を傾げ、上目遣いで問いかけてきた。なんというあざとい仕草だろう。不覚にも胸がきゅんとした。

美丈夫《びじょうふ》はなにをしても似合ってしまうんだな。美しいって正義だ――などとどうでもいいことを考えて胸のときめきをやり過ごしながら、クロエは「どうぞ」と答える。

アルセニオスは国王だ。王は、民の前で弱さをみせてはならない。それは、臣下であるヨルゴスやデメトリも含まれている。弱さをさらけだしていい相手は、王妃だけ。仮初《かりそ》めではあるけれど、婚約者であるクロエの役目だ。

とはいっても、甘えさせるとは具体的になにをすればいいのだろう。アルセニオスの頬から両手を離し、どうするべきかと考えていると、ふいに、視界が陰った。

感じたのは、少しの窮屈《きゆうくつ》感と、全身を包む温もり。

抱きしめられていると気づいたのは、頬に夕日色の柔《やわ》らかな髪がかかったから。

「ア、アルセニオス、様!?」

騎士として、剣を交えたり組み手をしたことはあれど、このような接触は経験がない。クロエは素《す》っ頓狂《とんきよう》な声をあげた。

「すまない。少しの間だけでいいんだ。このままでいさせてほしい」

縮こまるクロエをなだめるように、背中を優しく撫でられる。いつもと変わらない落ち着いた声と相まって、クロエの身体《からだ》から力が抜けた。

こういうときは、どう動けばいいのだろう。悩んで、とりあえず彼の胸に頬を寄せる。とくとくと、少し早い心臓の音が聞こえてきた。

「アルセニオス様も、緊張していらっしゃるんですか?」

「そうだな。お前の緊張がうつった」

そう言って、アルセニオスは微笑《ほほえ》む。そのたびに振動が頬を寄せる胸から伝わって、抱きしめられていると実感していたたまれない心地になる。

とにかく恥ずかしい。でも、なぜだか心地よくもあって。

叶うなら、まだもう少しこうしていたい。自分の腕を背中にまわして、もっと近づきたい。

「クロエ、いつか、約束の期限が来ても…………いや、なんでもない」

言いかけた言葉を呑《の》み込んで、アルセニオスはクロエから離れる。

腕をまわそうとしていたクロエは、中途半端に持ち上げていた両手をにぎりしめ、膝のうえにおろした。

「驚かせてしまい、すまなかった。お前のおかげで、少し気持ちが楽になったよ。今夜はもう休もう」

まくし立てるように言うと、アルセニオスはクロエの返事も聞かず、横になってしまう。

「お休みなさいませ」

他になんと声をかければいいのかわからなくて、クロエはありきたりな挨拶《あいさつ》をして横になる。

全身を包んでいた温もりがなくなったせいか肌寒く感じ、毛布《もうふ》に首もとまでくるまって、目を閉じる。

アルセニオスはなにを言おうとしたのだろう。

いつか、約束の期限が来ても――

本人ではないから続く言葉はわからない。でも、いつか約束の期限が来たら、クロエは婚約者でなくなるのだろう。

そして、アルセニオスの隣には、別の女性が立つのだ。

なんだか、あまり見たくないなぁ。

初めて、そう思った。

アレサンドリ神国の王太子妃がアルセニオスへ暴言を吐いてから数日。

植え付けられたアルセニオスへの不信感をあおるかのように、聖王女の騎士が連日貴族の屋敷を荒らしてまわった。

無慈悲《むじひ》な処刑人に鉄槌《てっつい》を。

現場に残される怪文書はいつしか現実味を帯び、一部の貴族——いわゆる、反国王派がアテイナの処刑は必要だったのかと蒸し返すようになった。

「中途半端に王位継承権だけ持つ王女なんて、国の未来を思えば障害にしかならないと思う私は、人でなしなのでしょうか。それとも、王女殿下が不当に処刑されたとわめく奴らの頭の中が、お花畑なんでしょうか」

久しぶりにヘッケルト家の屋敷へ戻ってきたクロエは、ヨルゴスの私室でお茶を飲み始めるなり、そう切り出した。

自分たち以外が部屋にいないとはいえ、歯に衣着せぬ物言いで愚痴《ぐち》をこぼす孫に、ヨルゴスは黙って苦笑をこぼす。いまなにか言ったところで、火に油を注ぐだけだと知っているからだ。

そう、クロエは腹を立てていた。

アティナの死について、真相を究明するべきだと言い出す輩《やから》が現れたことに。

「真相もなにも、王女殿下がベゼッセンとつながったんだから処刑されても仕方がないでしょう。国を裏切ったんですよ！」

それを彼らは、「アティナ王女殿下に限って、国をさらなる混乱へ導くような愚《おろ》かな行いをするだろうか？」と主張している。

「カルピオマ辺境伯のように、生前の王女殿下と懇意《こんい》にしていた方が言っているのなら私も文句はないんですよ。でも、あの人たち、誰ひとりとして王女殿下に会ったことがないですからね！」

彼らはアティナの名誉を回復したいわけではない。ただ、アルセニオスを王位から追い落としたいだけなのだ。その足がかりになりそうなことには、なんであろうと飛びつく。

これがまた、アルセニオスには直接上申せず、こそこそと裏で吹聴《ふいちょう》しているのだからこざかしい。

「痴情《ちじょう》のもつれで処刑したと令嬢たちが言い出したときは、どれだけ世間知らずなんだと思いましたけど、もしかして貴族全体がそんな間抜けばかりなんでしょうか」

クロエの頭の中の情報を鑑《かんが》みるに、情報提供者たちはアティナのことを聡明で慈悲深い王女だったと評価している。だから、彼女の死を惜《お》しむ気持ちはわからなくもない。

けれど、処刑したアルセニオスの判断を間違っているなんて思わない。

アルセニオスが王として立つならば、アティナは障害にしかならないからだ。実際、ベゼッセンが前バリシア領主とともにアティナを担《かつ》ぎだした。

アティナ自身にアルセニオスとの敵対意思があったのかはわからない。だが、結果的に彼女はベゼッセンと結託した。最後のルルディ王家という身分は、本人が望む望まないにかかわらず、争いを呼び込んでしまうのだ。

悲劇――と言えなくもない。でも、騎士として民の苦しみを間近で見てきたクロエは思う。力のない王族など、罪だ。国民の血税で生きながらえていたというのに、アティナは彼らを救うだけの力を持ち合わせていなかった。

たとえ難民を無条件で受け入れていたとしても、それは全体から見ればほんの一握りの数。自己満足でしかない。

「……私は、冷たい人間なのでしょうか」

令嬢たちはアルセニオスを魔王だと言った。彼女たちの主張はばかばかしいの一言に尽きるが、それが一般的な貴族令嬢の考えであるなら、共感できない自分がおかしいのだろう。

「クロエ、お前が冷たい人間なら、私は血も涙もない人間だ。立場に見合った力を持ち得ぬのは罪。そうお前に教えたのは、私だからのう」

「おじいさま……」

「実はな、クロエ。二年前、陛下は王女殿下を処刑せず、穏便にことを収める方法はないか、と考えておられた」

アティナは『希望の聖王女』と呼ばれるほど民から慕《した》われていた。彼女を処刑せずにすむのなら、それに越したことはない。それができなかったから、アルセニオスは中傷されるのだ。

「ひとつだけ、よい方法があった。それは、王女殿下に王妃になっていただくこと。そうすれば、ルルディ王家は断絶を免れ、『希望の聖王女』に対する民の信頼を陛下が手にすることができる」

火のないところに煙は立たぬとよく言うが、令嬢たちの噂《うわさ》は根も葉もない妄想ではなかったらしい。

どうして思い至らなかったのだろう。アルセニオスとアティナが婚姻を結べば、アルセニオスの王位は揺るぎないものになる。これ以上ない上策だ。

しかし、婚姻は成されなかった。

令嬢たちが話していたとおり、アティナが断ったのだろう。

「王女殿下は承諾《しょうだく》しなかった。他に愛する人がいらっしゃったのだ。国の今後を思うなら結婚するべき立場であることも、自分が生きているだけで争いの火種になることも理解しておったようだがな」

「それでも、婚姻は結びたくないと？」

「そうだ。だから、自ら毒杯をあおった。最後に、領民たちの無事を祈って」

あぁ、そうか。

アティナが処刑されたあと、アルセニオスは独断でフィニカの領主を決めた。新領主は、アティナをそばで支え続けた忠臣であるクリスト――カルピオマ辺境伯の三男だった。

あの決定は、アティナへのせめてもの手向《たむ》けだったのだろう。彼女が安心して眠れるように、最も信頼する人物を選んであげた。

無理矢理にでも婚姻を結ぶことだってできた。むしろ、国の将来を思うならそうするべきだった。

でも、アルセニオスはそれをしなかった。

忠義、と表現するには、情が深すぎるように思う。

アルセニオスは、アティナを愛していたのかもしれない。

そう思うと、なぜだろう。胸が痛んだ。


久しぶりの家族団らんを味わい、翌朝、クロエは王城へ戻ってきた。

相変わらず書類の山と格闘中であろうアルセニオスのもとへ挨拶にうかがうと、いつかのように、ヨルゴスとデメトリの三人で執務机を取り囲み、手紙とにらめっこしていた。

「クロエ・ヘッケルト、ただいま戻りました」

「あぁ、家族との時間は楽しめたか？」

「はい。おかげさまで、好き放題動き回ることができました」

ヘッケルト家に戻って一番はじめにしたことが、ズボンに着替えることだった。家族に呆《あき》れられたのは、言うまでもない。

「戻ってきたばかりのところへすまないが、少々面倒なことになった。いや、考え方次第では好機になるやもしれんが……」

アルセニオスは机の上に広げてあった手紙を差し出す。受け取って文面を読んだクロエは、やはり、いつかと同じように眉根《まゆね》を寄せた。

「バリシア領へ逃げ込んでいた王太子妃が、陛下へ謝罪する機会を望んでおります」

「そのために夜会を開くから、来い……ですって？　一国の王を呼びつけるだなんて、いったいなにを考えているのでしょうか」

「陛下と面会したときの取り乱し方を思うに、あまり王太子妃としての自覚がないのかもしれませんね」

デメトリの辛辣《しんらつ》な評価に、他三人も同意する。

王太子妃はいつだってその背に国を背負っている。彼女の行動ひとつひとつが国への評価につながる状況で、感情を表に出すというのはよろしくない。

「そういえば、ベゼッセンに滞在する王太子とは、連絡がとれたのですか？」

さんざんな面会を終えたあと、アルセニオスはアレサンドリ神国の王太子へ向け手紙を出した。王太子妃が無事にルルディへ到着したという旨《むね》を報告するためだ。

まず、そんなことはありえないだろうとは思うが、王太子妃がルルディに滞在していることを、王太子が知らないという可能性がある。その場合、大変な騒ぎになっているだろうし、最悪、ルルディが誘拐《ゆうかい》したと疑われるかもしれない。

そのような懸念《けねん》を払拭《ふっしょく》するためにも、アルセニオスは王太子へ向け書状をしたためたのだが、結果はあまりよろしくないらしい。彼は難しい表情で首を横に振った。

「手紙を送ったのだがな、返答がない。遣いの騎士が戻ってきていないんだ」

「騎士が戻らない？　どこかで、足止めを食らっているのでしょうか？」

「もしくは、いまだ王太子に手紙を届けられていないか」

数日粘《ねば》っても受け取ってもらえなかった。という事態でもない限り、騎士は役目を終えずに国へ戻れない。手紙を届けられたのか、無理だったのか、それともどこかで足止めを食らっているのか。いずれにせよ、判断するにはもう数日待つ必要があった。

「気になるのであれば、新たな騎士を派遣して捜索されてはどうでしょう？」

クロエが提案すると、アルセニオスはあごに手を添えて熟考したのち、首を横に振った。

「……いや、もう少し待ってみよう。ただ、念のため、アレサンドリへも書状を送ることにする」

「そうですね。とりあえず、王太子妃がルルディに無事入国されていると、アレサンドリ側へ知らせないと」

いまやるべきことは、王太子妃の所在地をアレサンドリ側が把握《はあく》しているのか、確認することだ。王太子と連絡がつかないというのなら、王城にいるであろうアレサンドリ神国王へ手紙を送れば、少々時間がかかったとしても確実だ。

「それで、結局、夜会へ行くんですか？」

「当然だ。王太子妃との和解は、我々も望んでいることだからな。下手《へた》に私から働きかけるよりも、向こうが動いてくれた方が手っ取り早くて無難だ。この機会に、フィニカ領も視察してしまおうかと思っている」

アルセニオスは怖がられているのだから、追いかけたところで逃げられるのが関の山だろう。たしかに、面倒だけど好機だ。フィニカ領についても、生前のアティナが治めていた土地ということもあり、アルセニオスが直々に視察する機会を逃す手はない。

「まずフィニカ領へ向かい、二日ほど視察したあと、バリシア領で夜会に参加する」

「フィニカ領へ先に向かうのですか？　夜会まで、あまり日がないというのに」

フィニカ領は国境沿いの小さな山を領地としており、それを丸く囲うようにバリシア領は存在している。つまり、フィニカへ向かうにはバリシア領を通過しなくてはならない。

「フィニカ領の領主は、カルピオマ辺境伯の三男だ。領主の任命をしたときに会ってはいるが、一度きちんと話をしたいと思っていた。フィニカ領主と良好な関係を築いておくことは、他の貴族たちへいい影響を及ぼすだろう」

アルセニオスに対する中傷の主な原因である、アティナが治めていた土地だ。王太子妃主催の夜会前に、現フィニカ領主——クリストとの間にわだかまりはないと示すことができれば、王太子妃の態度がどうであろうとアルセニオスに対する風当たりは和《やわ》らぐことだろう。今後のカルピオマ辺境伯との関係を考えても悪くない選択だった。

「クロエには、私のパートナーとして一緒に向かってもらいたい」

「バリシア領と、フィニカ領へ……わかりました」

バリシア領、フィニカ領と聞いて、昨日のヨルゴスとの会話を思い出してしまったのは、まあいいだろう。問題は、あのときの胸の痛みがぶり返したことだ。

原因不明の胸の痛みは、兄たちと剣術の稽古《けいこ》をしている間に消えていた。だからてっきり、一時的なものだと思っていたのに。

どうして、いまになってぶり返したのだろう。

クロエは両手を胸に当てて首を傾げる。

「胸がどうかしたのか?」

問いかけられ、前を見れば、アルセニオスが怪訝《けげん》そうに見つめている。なぜだろう。彼の顔を見たら、痛かった胸がじんわり温まって楽になった。

「なんでもありません。ただ、昨日辺りから胸に違和感が……でも、治りました」

「胸に違和感？　いったいどんな症状なんだ。医者に診《み》せなくて平気なのか？」

「なんというか……胸がきゅうっとなって、かと思えばむかむかしたり。でも、いまは症状もなくなりましたので、大丈夫です」

「むかむかって、食べ過ぎじゃないですか？」

　症状を聞いたデメトリが無神経な指摘をする。普通の女性なら怒るか傷つくかするのだろうが、クロエは「そうかもしれません」と納得した。

「久しぶりに、コルセットなしで食事したので……」

「食べ過ぎたんですね」

「そういえば、いつになくよく食べると思っておったわ」

「ヨルゴス様。そういうときは止めてください」

「ほっほっほっ。久しぶりに家へ帰ったときくらい、好きにさせてやってもよかろう」

「……あなたはいつも、クロエに甘い」

「そうかのう？　私は、お前のことも十分かわいがっているつもりだぞ、デメトリ。ふたりとも、私の大切な孫であることに変わりないからな」

「……か、かわっ……」

デメトリは顔を赤くしてうつむくと、確認が終わった書類を運んでくるといって、執務室から出て行った。

騒々しい音を立てて扉が閉まるのを見届けて、アルセニオスは言った。

「クロエの人たらしは、お前から引き継いだんだな」

「そんなことはございませんよ。だって、クロエの場合は無意識のうちに相手を魅了していますが、私の場合はすべて計算ですから」

胸を張り、にやりと笑って言い切る。

「計算とか……なお悪いわ！」

今日もアルセニオスのつっこみが冴え渡る。

楽しそうなふたりを見つめながら、クロエはもう一度両手を胸に添え、そしてやはり、首を傾げたのだった。


その日一日、クロエは胸が痛くなったり苦しくなったりを何度か繰り返して過ごした。

原因は相変わらずわからないけれど、症状に波があること、痛みは長続きせず、なにか意識がそれれば治まることだけはわかった。

「また胸が痛むのか？」

　ベッドに座ったところで胸を押さえていると、アルセニオスが声をかけてくる。また、と言われたということは、何度か押さえていたのだろう。ほとんど無意識の行動だったから、少し恥ずかしい。

「なにか心配事でもあるのか？」

「心配事、ですか？」

　なにかあっただろうか、と考えて、ひとつ浮かんだ。

「道中で、また聖王女の騎士が襲撃してくるかもしれません」

「その可能性は俺も考えていた。むしろ、この機会にイオセフを捕まえてしまいたい、と思っている」

　カルピオマ辺境伯がアルセニオスに味方した。と知らしめるには、ニコラスが王都まで上がってくる必要がある。そのためにも、一刻も早くイオセフを捕まえなくては。

　彼の居場所がわからない以上、自ら出てきてもらわなければならない。今回は、絶好のチャンスと言えた。

「次こそは、絶対に捕まえるぞ」

「そうですね。今度こそ、逃がしません！」

　両手を握りしめながら決意を語ると、アルセニオスは微笑《ほほえ》んでクロエの髪を撫《な》でた。そのとたん、胸がじんわりと温まる。

最近、ふたりきりのときに、アルセニオスがよく触れてくるようになった気がする。この間みたく抱きしめたりはしないのだが、なにかにつけて髪の毛や頬《ほお》に触れてくる。

不思議なもので、まったくの赤の他人から触れられているというのに、不快感は覚えなかった。むしろ心地よく、もっと触れてほしいと思う時すらある。実際に口にしたことはないけれど。

アルセニオスの大きな手が、髪から頬へと降りてくる。体温が高いのか温かくて、クロエは頬を寄せた。

「もう、心配事はなくなったか？」

猫のようにすり寄るクロエを見て、アルセニオスは呆《あき》れるどころか優しく目を細める。

この機会に心配事はすべてはき出せと促してくるので、クロエはずっと気になっていたことを訊いてみることにした。

「以前、カルピオマ領へ向かうと決めたとき、アルセニオス様は、根拠はないが、カルピオマ辺境伯ならば話を聞いてくれるだろう、とおっしゃりました。でも本当は、なにか根拠めいたものをお持ちだったのではないですか？」

頬を撫でる手が、一瞬こわばる。もしや触れてはいけないことかと不安になった。

アルセニオスは触れる手はそのままに、クロエから視線をそらす。目をわずかにすがめたのは迷っているからか、または不快感の表れか。

けれどもそれは一瞬で、すぐにこちらへと視線を戻したアルセニオスは、後ろに下がって距離を取る。あぐらをかいて座り直し、両腕を組むと、真摯《しんし》なまなざしを向けてきた。

「これは、ごく一部の人間しか知らない事実なのだが、二年前の革命のおり、アレサンドリより遣わされていた薬師《くすし》を彼《か》の国へ逃がしたのは、カルピオマ辺境伯なんだ」

「カルピオマ辺境伯が……ですか？」

にわかには信じがたい話だ。なぜなら、カルピオマ辺境伯が治める領地とフィニカは、それぞれルルディの東西に存在する。北東の果てに位置し、ベゼッセンと接するフィニカと違い、カルピオマ辺境伯が治める領地は国の南西の端。ルルディの東側に君臨するアレサンドリへ向かうのに、カルピオマ辺境伯の領地を通るというのは随分《ずいぶん》と遠回りである。

それなのに、どうして薬師を逃がすことになったのだろう。

「二年前、革命による混乱の影響を恐れ、ベゼッセンが国境を閉ざしていたのは知っているな。陸路でアレサンドリと行き来するには、彼の国を通るほかない。しかし、国境は閉ざされている。薬師をなんとしてもアレサンドリへ帰そうとしたアティナ様は、海路を使って送り届けるようカルピオマ辺境伯に頼んだ」

アティナ様――アルセニオスがそう口にしたとたん、クロエの胸がちくりと痛んだ。

「アティナ様と薬師は恋人だった。愛する人を無事に故郷へ戻すため、あの方はベゼッセンとの内通の疑いを被った。恋人と領民を守るために、命を懸《か》けたんだ」

「アルセニオス様との婚姻話が出たと聞いております。どうして……無理矢理にでも婚姻を結ばなかったのですか？」

「………そんなこと、できるはずがないだろう。あんなに幸せそうに、薬師への愛を貫きたいなんて言われればな」

そう答えたアルセニオスは、なんとも言えない表情をしていた。

悔しそうで、哀しそうで、でもどこか誇らしげで、うれしそうでもある。

アルセニオスがなにを考えてそんな表情をしているのか、まったくわからない。

ただ、アルセニオスとアティナの間に、なにものにも壊せない堅い絆《きずな》があることだけは、わかった。


王太子妃主催の夜会への参加が決まり、クロエたちは出立《しゅったつ》の準備にとりかかった。

長期間王城を出ることになるから、アルセニオスは政務を前倒しで行わなければならないし、クロエは婚約者として、夜会に出席するための準備を一手に引き受けていた。

夜会当日までの日が極端に短いため、招待を受けた貴族たちも準備や仕事に追われて、てんやわんやの大騒ぎだった。バリシア領へ直接向かう彼らでそんな状態なのだ。先にフィニカ領へ立ち寄るクロエ達の忙しさは尋常《じんじょう》ではない。

そんななか、やるべきことをてきぱきとこなすクロエは、絶賛大不調だった。

なんというか、集中力が散漫になっているというか、ぼうっとしていることが増えた。

夜会で着るドレスのデザインを選ぶいまだって、仕立屋の話を聞いているのかいないのかわからないほど、反応がない。

「……では、刺繍《ししゅう》はこの色で、ここはこのデザイン。陛下の襟元《えりもと》はこの色でお願いします」

心配する周りをよそに、クロエはぼんやりとした表情のまま指示を出す。それがまた、本業である仕立屋が「このような斬新《ざんしん》な合わせ方が……素晴らしい！」と歓喜する内容なのだから、周りも余計になにも言えない。

喜びはしゃいで帰って行く仕立屋を見送って、クロエは物憂《ものう》げなため息をつく。

「……あなたという人は、明らかに心ここにあらずという様子で、ちゃきちゃきと仕事をこなさないでもらえますか」

「……あれ、デメトリ様。いつからいらっしゃったんですか」

「仕立屋が城へやってきたときからですよ。いつになくぼうっとしたあなたが、陛下に変な衣装を選んでしまわないか心配だったのでね」

「はぁ、そうだったんですか。あれ、そういえばどんな衣装選んだっけ？」

ついいましがた、仕立屋を見送ったばかりだというのに、記憶がない。

デメトリは呆れかえって盛大なため息をこぼした。

「これで失敗でもすれば注意できるんですけどね。残念ながら、普段と変わらない完璧《かんぺき》さで仕事をこなしていますよ。気味の悪いことにね」

「気味が悪いとか本人を前に言わないでくださいよ！」

「事実じゃないですか。というか、いまの言い方だと、自分でも思っていることになりますよ」

「そうですね。私も同じような方を目の前にしたら気色が悪いって思います」

正直な感想を真顔で答えると、デメトリに半眼《はんがん》でにらみつけられた。

「はぁー……もうほんと、あなたを相手にしていると疲れる一方ですよ。で、なにをそんなに悩んでいるんですか？」

「えっと、私、なにか悩んでいるのでしょうか？」

「はあああぁぁ？　なにを言っているんですか。そうでなければここ数日のあなたのぼんやり加減が説明できないでしょう」

目をむいてにらみつけてくる。自分でも自分がうっとうしく思えていたので、デメトリの気持ちは痛いほど理解できた。

「絶不調なんですけど。どうして不調なのか、自分でもわからないんですよね」

「……普段、考えるよりも先に身体《からだ》を動かしてばかりだから、たまに悩むと不調に陥《おちい》るんですよ。といっても、仕事には支障をきたしておりませんけどね。ただただうっとうしいだけで」

よほどうっとうしかったのだろう。デメトリの顔がすべてを物語っていた。

「で、結局、原因に心当たりすらないと？　ぼんやりしている間、なにを考えているんですか。まさか眠っていたとか言わないでくださいね」

「いや、さすがに寝てませんよ。起きてますって。そうですねぇ……考えていること、考えていること……」

クロエはあごに手を添え、視線を彼方《かなた》へ飛ばして最近の自分を振り返る。

ここ数日、考えていることならたくさんある。というか、考えてばかりな気がする。

たとえば――

「アルセニオス様と王女殿下は、どれくらい仲がよかったのかなぁ……とか」

「…………はい？」

「おふたりが婚姻を結べていたのなら、いまのような混乱など起こらなかったのかなぁ、とか。そうしたら、私はいまもおじいさまの護衛騎士で、アルセニオス様とこうやって話すこともなかったのかなぁ、とか。考えてます」

なんだか他にもぐるぐる考えているような気もするが、それは大きな渦《うず》を巻いて混ざり合っており、明言できない。わかっていることだけでも口にしてみたのだが、デメトリの反応は芳《かんば》しくなかった。

「あの……クロエ、それ、わかって言ってます?」

「わかってって……私、なにかまずいことを言いましたか?」

「そう来たか……」

デメトリはため息とともに頭を振り、クロエに背中を向けてしまった。その向こうでは、侍《じ》女《じょ》たちがそわそわと落ち着きなくこちらをうかがっている。

よほどおかしなことを口走ったのだろうかと、クロエが内心焦っていると、ゆっくりとこちらへ向き直ったデメトリが、身を寄せてひそひそと問いかけた。

「ひとつ、確認させてください。あなたが望めば、仮婚約を本当の婚約にできるとしたら……どうしたいですか?」

「なにをおっしゃっているんですか。それじゃあ、私は騎士に戻れないでしょう。延長なんて、するつもりありありませんよ」

「……よし、わかった。これでだいたいの現状は把握《はあく》できました」

ぐっと拳《こぶし》をかかげて、デメトリはいつになく素早い動きで離れていく。その表情は晴れやかだった。どうやら、本当にクロエの現状を把握したらしい。

「ちょっと、デメトリ様。わかったなら教えてくださいよ。私、どうすればいいんですか」

「いえいえ、私から言えることはございません。こういうことは、ご自分で答えを出されるのが一番でしょう。そのまま大いに悩んでください」

「それではいままでと変わらないではありませんか。いまの私は、周りを困惑させているのでしょう？　私自身、気分の浮き沈みが激しくてつらいんです。早く解決したいんですよ」

「そうですねぇ……ご自分ではどうしようもないとおっしゃるのなら、陛下にご相談されるのがよろしいかと」

「……いや、でも、それはちょっと違うような」

デメトリ以外の意見が聞きたくて、クロエは部屋の隅で待機する侍女たちへと視線を向ける。彼女たちが目を輝かせてうなずくのを見て、なぜだろう、無性に不安になった。

「とにかく、私から言えることはございません。あぁでも、周りにはそっとしておくよう言っておきますよ。心置きなく悩んでください」

それはそれはいい笑顔で告げると、デメトリはクロエの返事も聞かずに部屋を辞していく。

扉の閉まる音が、いやに大きく感じた。


アルセニオスへ相談してみればいい。

デメトリからそう助言を受けて、クロエの気持ちが楽になったかというと、そうでもない。

むしろ悪化した。現状維持すらできていない。

というのも、考え事の中に、アルセニオスへ相談するか否《いな》か、という事柄が加わったからだ。話を聞いていた侍女たちの反応を見るに、あの助言は的外《まとはず》れではないのだろう。だからといって、アルセニオスへ直接訊けるかと言えば、無理である。

クロエが考えていたのは、アルセニオスとアティナの関係についてだ。

「アルセニオス様は、アティナ王女が好きだったんですか？」

などと、真っ向からたずねるほどバカじゃない。その質問がいかに無神経か、クロエでもわかる。

しかし、デメトリは本人に相談しろという。彼は潔癖《けっぺき》で融通《ゆうずう》が利《き》かない面もあるが、頭のいい人間だ。きっとそれが最善の解決法なのだろう。

だがしかし、いまさら過去のことをほじくり返したって、意味ないし……。

という感じで、思考が堂々巡りに陥っていた。

昔からクロエは悩むことが嫌いだ。そういうときは思いきり身体を動かして、頭から追い出してしまうのがいい。

そう思って、クロエはアルセニオスとの剣の稽古《けいこ》に打ち込んだ。ちょっと手が空いた時にドレスでもできる筋トレを行い、ひと汗かいてみたりもした。

しかし、無意味だった。

そのときは追い出せても、終わってしまえばまた疑問が戻ってくるのだ。いままでの経験上、だいたいの悩みは、身体を動かしているうちに気持ちの整理がついて自然と解消されていくのに、今回はそれがない。

自分はなにがそんなに気にくわないのか。いや、まず、この感情は不満なのだろうか。もっと別の感情が当てはまるのではないか。

自分ではどうしてもわからないから、誰かに相談した方がいいのだろうか。

となると、アルセニオスに相談するか？　いやでも、直接本人にってのもなぁ。

そもそも、アルセニオスとアティナがどんな関係だろうと自分に関係ないじゃないか。きっともっと別の要因でむかむかするんだよ。

じゃあ、なにがそんなに気にくわないのだろうか。

といった感じで、ぐるぐるぐるぐる考え続けた結果。

倒れた。

バリシア領へ出発する前日に。

「知恵熱だな」

真っ赤な顔をして、荒い呼吸でベッドに横たわるクロエを見下ろし、ヨルゴスが淡々と告げる。

ふたりがいるのは王城ではない。ヘッケルト侯爵家のクロエの私室だ。アルセニオスの執務室で倒れたクロエは、ヨルゴスとデメトリの指示で、そのままヘッケルト侯爵家に送り返されたのだ。

「デメトリから話を聞いたときは感慨《かんがい》深く感じたものだが、まさか熱を出すほど思い悩むとは思わなんだ」

熱のせいで意識がもうろうとしているため、ヨルゴスの話している内容がほとんど入ってこない。ただ、主の前で倒れるという失態をおかしたクロエを、怒っていないことはわかる。

「いろいろと考え込むなんぞ、お前らしくない。感じるままに動けばいいのだ。似合わぬことをするから、ほれ、陛下に置いて行かれたぞ」

アルセニオスに、置いて行かれた。

つまり、彼はクロエを置いて、予定通りフィニカ領へと出発したのだろう。

当然だ。視察のチャンスを逃すわけにはいかないし、王太子妃が主催する夜会があるのだから。

「デメトリから伝言だ。陛下のことは我々近衛《このえ》騎士が責任をもって守り抜くので、知恵熱を出すようなお子様は家で待っていなさい。だと。あおっておいて、ひどい言いぐさだな」

ひんやりと冷たいなにかが額に載る。薄目を開ければ、ヨルゴスが濡らした布巾を載せてくれていた。

「決意したときにすぐに動けるよう、いまはただ、休むがいい」

優しい祖父の顔で告げて、ヨルゴスは部屋を出て行った。

扉が閉まる乾いた音を最後に、クロエの意識は暗く沈んだ。


ふと気がつくと、クロエは剣を振っていた。

いつの間に外へ出てきたのだろう。ヘッケルト家の屋敷の中庭で、練習用の剣を黙々と素振《すぶ》りしていた。

ふいに、兄が現れた。久しぶりに手合わせしようと言い出したので、受けて立った。二、三手打ち込んだところで、クロエの剣が飛ばされてしまった。

兄に負けるのは久しぶりだった。驚きながらも、もう一度手合わせした。結果は同じ。やはりクロエが負けてしまった。

悔しくて、クロエはもう一度挑み、やはり負けた。でも、今度はなぜ負けたのかわかった。

身体が重いのだ。望み通りに動かない。いつもより二拍ほど遅れて反応する。

どうしてだろうと考えて、そう言えば熱があったんだ、と思い出した。

ヨルゴス曰《いわ》く知恵熱を出して、寝込んでいるのだ。本当はバリシア領へ向かう予定だったけれど、留守番をすることになった。

そこでふと、思う。アルセニオスは、誰が守るのか？

それはもちろん、デメトリをはじめとした近衛騎士だろう。

あぁ、いやだな。

自分以外の誰かが、アルセニオスを守るのかと思うと、悔しい。

聖王女の騎士が襲撃してくるかもしれないと聞いていたのに、その場にいられないことが情けない。

アルセニオスが雄々《おお》しく剣を振るうとき、その背中を、自分以外の誰かに預けるのかと思うと、無性に、無性に……

無性に、腹立たしかった。

「アルセニオス、様は……私がお守りしまあぁす！」

自分の叫び声で目が覚めたクロエは、毛布をはねのける勢いで起き上がる。その際、額に載っていた濡れ布巾が飛んでいき、床に落っこちた。

汗をかいたせいで服が張り付いて気持ち悪い。そんなことを頭の片隅で思いながら、いまは何時だと窓の外を確認する。

外は真っ暗で人の気配がほとんどない。先ほどのクロエの叫び声を聞き、誰も駆けつけてこないことを考えると深夜だろう。

たしか、アルセニオスはもう出立したとヨルゴスが言っていた気がする。となると、出発してから半日は経過しているはずだ。

考える時間すら惜《お》しい。クロエはクローゼットを開け放った。

「クロエ様！　クロエ様ぁ――――！」

朝の身支度《みじたく》を調え、私室から出てきたヨルゴスは、使用人たちの騒がしい声を聞き、そばに控える執事へと視線を向ける。彼はもともと護衛騎士として自分に仕えていたが、ヨルゴスをかばって怪我《けが》をし、それ以来、執事となって仕えてくれていた。

あのときの怪我で、いまも足を引きずって歩く老齢の執事は、なにも言わずとも望む答えを口にした。

「今朝、侍女がクロエ様の様子を見に行きましたところ、お姿がありませんでした。服が数着と、馬が一頭なくなっておりましたので、おそらくはデメトリ様たちを追いかけていったのかと」

病み上がりだというのに、誰にもなにも言わず飛び出していったクロエを、ヨルゴスは心配するでもなく笑い飛ばした。

「そうかそうか、追いかけたか。それでこそクロエだ」

満足げにうなずいて、ヨルゴスは歩き出した。


「クロエのことが心配ですか？」

客車の窓から過ぎゆく外の景色を眺めていたアルセニオスは、はっと我に返って前を見る。

クロエに代わり、馬車へ乗り込んだデメトリが、肩をすくませて苦笑していた。

「……心配に決まっているだろう。ここ最近、なにやら悩んでいると思ったら、目の前で倒れたんだからな」

「そんな不機嫌になるほど心配なら、連れてくればよかったんですよ」

「そんなことできるか！　クロエは高熱を出しているんだぞ！」

アルセニオスが怒鳴りつけると、デメトリはこれ見よがしに両手で耳を押さえた。

「ただの知恵熱だと祖父も言っていたではありませんか。適当に客車に転がしておけばいいんですよ」

「適当にって、お前なぁ……。そもそも、こうなる前に話を聞き出せばよかったじゃないか。それをお前が放っておけと言うから……」

そうなのだ。アルセニオスは何度かクロエと話をしようとした。なにを悩んでいるのか、話すだけでも楽になるのではと思ったから。

しかし、それをデメトリが止めた。いつかクロエが自分から話すときまで、待ってほしい、と。

いつになく神妙な顔で言うものだから、よほど深刻で繊細な悩みなのだろうかと思い、アルセニオスは沈黙した。結果が、これである。

「私もまさか知恵熱を出すとは思いませんでした。いつもは考えるより先に行動するような人ですから。今回も我慢できずに突撃するかと思ったのに」

デメトリはまるで人ごとのように軽い調子で話す。どうしてそんなにお気楽でいられるのだろう。あんな真っ赤な顔で倒れたというのに。

これ以上デメトリと話しても腹が立つだけだと悟ったアルセニオスは、窓の外を眺める。馬にまたがった騎士が、前後をはさむように走っていた。

今回の旅は公的なものだが、以前、カルピオマ辺境伯のもとへ向かったときと同じように、最低限の騎士しか連れてこなかった。聖王女の騎士をおびき出すためだ。

もしここにクロエがいたら、馬に乗りたいと言ってふてくされたことだろう。それをなだめつつ、気分転換のためにふたりで景色を眺めたのも、いまではいい思い出だった。

「陛下、ひとつ、お話ししたいことがあります」

アルセニオスは視線をデメトリへと戻し、「なんだ」と促す。

「もしも、ですよ？　もしもあなたがクロエをずっとそばに置きたいと望むのでしたら、我々ヘッケルト家に否《いな》やはございません。ですから陛下は、望むままに振る舞ってください」

アルセニオスは、目を見開いて固まった。

クロエをずっとそばに置く。それはつまり――

「敵襲――――！」

アルセニオスの思案を打ち消すような怒号が、客車内を貫く。次の瞬間、馬車が急停止して大きく揺れた。それに耐えられずデメトリが後頭部を打ち付けるのを見て、アルセニオスは苦笑いをこぼす。うまくバランスを取って耐えていたクロエを思い出したからだ。

前回と違い、今回の旅ではアルセニオスも剣を持ち込んでいた。敵から剣を奪う必要もなく、客車から飛びだすなりうって出る。

襲撃者の数は十数人。前回と変わらないように思えた。金属がぶつかる耳にいたい音と、騎士たちの気合いの吠え声が響く中、アルセニオスは目的の人物を探す。その間にも敵が斬《き》りかかってくるが、難なく撃退しつつ、辺りを見渡した。

今回襲撃を受けた場所は、山を進む街道だった。急勾配《きゅうこうばい》の山の縁をたどる道で、左右どちらも急斜面に挟まれており、木々が生い茂っていて見通しが悪い。奥の茂みに隠れていたなら、ここからでは見つけられないだろう。

「おやぁ？　今日はあの面白い女を連れていないんだな」

背後から声が届く。と同時に、アルセニオスは背後を振り返って剣を頭上に構えた。

耳をつんざく音と、全身を貫くように衝撃が襲う。

「やっと現れたか、イオセフ」

受け止めた剣をそのまま押し込んでくる男――イオセフをにらみあげれば、彼は片眉《かたまゆ》を上げて首をひねった。

「なんだ。俺の正体がわかってるんだな。どうせ兄さんあたりから聞いたんだろう」

舌打ちをして、イオセフは距離を取る。互いに間合いをはかってにらみあった。

「こんなことしでかしておいてなんだが、俺の行動に実家は無関係だ。責めるなら、俺だけにしてもらえるとありがたい」

「そうだな。お前がおとなしく捕まるのなら、考えてやってもいい」

「それは無理だな」

イオセフが駆け出し、互いの剣を打ち付けた。ぎちぎちと不快な音を立てながら、剣を押し返そうと力比べをする。

「女に守られていた腰抜けが、ひとりで戦えるのかよ」

「くだらん心配は不要だ。もとは騎士なのでな。お前より強い自信がある」

「言ってろ」

剣をはじきながら、ふたりともに後ろへ飛び退く。着地と同時に前へ飛び出し、アルセニオスとイオセフは剣をぶつけた。

クロエが評価したとおり、イオセフは虎のような男だ。獰猛《どうもう》で、常に獲物を探して目を光らせている。油断したが最後、太く鋭い爪でのど元を引っかかれ、息絶えさせられるだろう。

あんな軽口をたたいたが、アルセニオスは全力でイオセフにぶつかった。

「ちょおっと待ったあああぁぁぁあ！」

なんとも気の抜けるかけ声とともに、馬の蹄《ひづめ》の音が近づいてくる。剣を合わせていたアルセニオスたちが慌てて後ろへ下がると、ふたりの間を、馬が駆け抜けた。そのとき、走っている馬から飛び降りる人影が見えた。

ひらりと青空を舞ってアルセニオスの前に降り立ったのは、萌葱《もえぎ》色の騎士服を纏《まと》う、華奢《きやしゃ》な背中。

「クロエ！　どうしてここに……熱は大丈夫なのか⁉」

状況も忘れて問いかけると、クロエは背中を向けたまま顔だけ振り返って、あっけらかんと笑ってみせた。

「アルセニオス様、大変お待たせいたしました。このクロエ、あなた様をお守りするため、ただいま馳《は》せ参じました！」

元気よく宣言してから前を向いたクロエは、腰に下げていた剣を鞘《さや》から引き抜く。

突然の乱入者に面食らっていたイオセフは、我に返るなり意地悪く笑った。

「はっ、でかい口をたたいておきながら、やっぱり女に守られてるんじゃやねぇか」

安い挑発を、クロエは毅然《きぜん》とした態度ではねのける。

「黙れ、ガキが。自分の立場や国の未来も見えない者に、アルセニオス様をそしる権利などない！」

イオセフは「あぁ？」と低くうなった。

「俺のどこが周りが見えてないって言うんだ。少なくとも、アティナ様が処刑されるような人でないことは知っているぞ」

「王女殿下の人となりばかり見て、彼女を取りまいていた当時の状況が見えていないではないか！」

「なにを言って……」

「政治でものを言うのは個人の性格ではない。その人を取り巻く環境だ！　あの方が生きている限り、いくら本人にその気はなくとも争いの火種となり得るだろう。いい人だからといって見逃してあげられるほど、国を背負うことは甘くない！」

クロエは駆け出し、イオセフに斬りかかる。動揺《どうよう》しているのか、彼の動きが鈍い。数度切り結んで、ふたりはまた距離をとった。

「そもそも、お前は王女殿下を慈愛《じあい》に満ちた人だと思っているようだが、それさえも怪しいと私はにらんでいる」

「なんだと？」

イオセフは目を見開き、剣を握る手に力をこめた。彼の全身から殺気があふれ出したが、クロエはおびえることなく真正面からぶつかりにいく。

「本当に国を、民を想うなら、王女殿下はアルセニオス様と婚姻を結ぶべきだった。それができなかった彼女は、お前がなんと言おうと王族失格だ！　国の未来も、自分の死の責任もすべてアルセニオス様にかぶせ、死に逃げた卑怯者《ひきょうもの》だ！」

「っ……なにも知らぬくせに、知った口をたたくな！」

激高したイオセフが、力任せに剣を振るう。はじかれたクロエが背後へ吹っ飛んだが、受け身を取って地面を転がり、すぐさま立ちあがった。

「あぁ、そうさ！　私は王女殿下のことなんかこれっぽっちも知らない。だから、アルセニオス様とどういう関係だったのかなんて知りようもない！　そもそも知ってもしょうがないのに、気になって仕方がない！」

冷静にイオセフを挑発していると思われたクロエだが、突然、訳のわからないことを叫びだした。

アルセニオスと、アティナの関係？

どうしてそんなことを知りたがるのだろう。いやそれより、いまは関係ないことでは……。

困惑するのは、アルセニオスだけではないらしく、先ほどまで獲物を捕まえんとする肉食動物といった空気を纏っていたイオセフも、間抜け面《づら》をさらしている。

アルセニオスたちの変化に気づかず、クロエの主張は続いた。

「だいたい、まったくもって意味がわからない！　おふたりが婚姻を結んでいたら、いまみたいな面倒なことにはならなかっただろうなと思ったすぐあとに、でもそうしたら私はアルセニオス様の婚約者になっていなくて、こうやって直接お話しすることもなかったのかと思ってなんだか落ち込んでくるし！」

「は、はぁ!?　え、ちょっ、待て……」

「待たない！」

叫んで、クロエはイオセフに斬りかかる。彼に戦意など残っておらず、防戦一方だ。

ちなみに、アルセニオス自身の戦意も遠い彼方《かなた》へ吹っ飛んでいった。ただただ呆然《ぼうぜん》と、クロエを見つめている。

「どうして落ち込むんだろうかと考えて、考えて考えて考えたら熱が出て倒れるし！」

「知恵熱かよ！」とイオセフがつっこむ。

「熱にうなされながら、私がいない間近衛《このえ》騎士がアルセニオス様を守るのか、と思ったら、どうしても許せなくて……」

「え、待て、お前……もしかして病み上がりでここまで来たの!?」

「来たさ！　馬を乗り継いでほぼ休まずに来たわよ！　だって、嫌だったんだもの。他の誰かが、アルセニオス様を守るなんて。私が守りたい。いつでも一番近くで守っていたいの！」

いつの間にか、クロエは剣をおろして叫んでいた。隙《すき》だらけだというのに、イオセフは攻撃しない。ただ、目を丸くして見つめるだけ。

そしてアルセニオスは、クロエの本心をはかりかねて当惑していた。

額面通り受け取るなら、これは告白だ。

アルセニオスとアティナの関係が気になるのは嫉妬《しっと》からだろう。あんなにいやがっていた婚約を、いまでは惜《お》しむ気持ちがあるということは、それだけ、アルセニオスに対して特別な感情を抱き始めているから。

そして、アルセニオスを守るのは自分がいいと叫ぶのは、独占欲の表れ。

これを告白と言わずして、なんという！

という状況だが、相手はクロエなのである。

「……と、言うわけであなたを捕まえます！」

「なにが『と、言うわけで』なんだ!?」

ひと通り主張が終わるや否《いな》や、攻勢に入る。イオセフはその変化について行けず、あっという間にお縄についた。

公衆の面前で愛の告白を始めたかと思えば、唐突《とうとつ》に攻撃を再開してくるのだ。イオセフじゃなくとも捕まるだろう。

これが作戦なら見事なものだが、十中八九、偶然の産物だった。

そして――

「クロエ、よくやった。ところで、さっきお前が話していたことなのだが、どうして落ち込んでしまったのか、答えは出たのか？」

「いいえ、全然出ておりません」

「なにいいいいぃぃぃっ!?」

イオセフの心からの叫びを聞き流しながら、アルセニオスはやっぱりな、と納得する。

先ほどの主張は、断じて告白ではない。そもそも、クロエは自分の気持ちにすら気づいていない。

だったら、アルセニオスがするべきことはひとつ。

「とりあえず、こいつらを全員連れてフィニカへ向かうぞ」

聞かなかったことにして、クロエが自分から気づくのを待とう。

「そんなこと言ってると、一生気づかないかもしれませんよ」

心を読んだかのように、デメトリが耳元でささやく。

不覚にも、アルセニオスは納得してしまったのだった。

第三章　外堀を埋めていませんか、陛下。

フィニカの町は、高い山と深い谷に囲まれた、切り立った崖《がけ》の上に存在する。生い茂る緑に覆《おお》われてその痕跡を探すことはできないけれど、もとは火山の火口だったのではないか、と云《い》われていた。

町と外界をつなぐのは一本の吊り橋のみ。細い石畳《いしだたみ》の道は入り組んでおり、密集する家々のわずかな隙間を、色とりどりの花が飾っていた。

フィニカの町は生前のアティナが治めていた。領地のほとんどを険《けわ》しい山が占《し》め、畑を作ることすら困難だったため、領民と手と手を取り合って領地を運営していた。

つまり、フィニカで暮らす人々は皆、アティナを慕《した》っていたということ。

そんな人々が暮らす町へ、アルセニオスが訪れる。表立ってなにか危害を加えることはないだろうが、さぞ冷たい目で見られるだろう。

そう、クロエは覚悟していたというのに。

「ようこそおいでくださいました、アルセニオス国王陛下。我らフィニカの民は、あなた様を歓迎いたします」

城の前庭にて、領主のクリストがアルセニオスを迎えた。カルピオマ辺境伯の三男、クリストは、長兄と同じ濃紺《のうこん》の髪を後ろでひとつにまとめ、細い縁《ふち》の眼鏡《めがね》と相まって神経質そうな印象を受ける。

門と城を一直線につなぐ道の中央にクリストが膝をつき、その背後に騎士――というより狩人《かりゅうど》といった出で立ちだった――が整列して跪《ひざまず》いている。それだけでなく、おそらくはこの町で暮らしているだろう人々が道を囲うように並んで膝をつき、頭《こうべ》を垂れていた。

皆が敬愛したアティナの処刑を命じた、張本人《ちょうほんにん》であるアルセニオスに対して、いや、そうでなくとも領民全員が一堂に会して頭を垂れるなんて、聞いたことすらない。

嘘偽りのない、心からの恭順《きょうじゅん》。

それを示すために、彼らはここに集まったのだ。

「ふ、ふざ……けるなよ、お前ら！　この男は、アティナ様を処刑したんだ。殺したんだぞ！なのにどうして、歓迎なんてできる。頭を下げるんだ!?」

たまらず叫んだのは縄で拘束《こうそく》されたイオセフだった。同じように拘束されている十数人の仲間たちも、驚愕《きょうがく》の表情でフィニカの人々を見つめている。

頭を垂れたまま、兄を一瞥《いちべつ》したクリストは、驚くでもなく底冷えのする声で言った。

「うるさいぞ、イオセフ。なにも知らない者が、横から口を挟むんじゃない」

「なっ……俺は、アティナ様のことを——」

「知らないだろう。あなたは父とともにこの地を離れたのだから、知るはずがない。あの方が王女という立場にどれだけ悩み、苦しんできたか。それでも責任から逃げることなく、最後まで気高《けだか》く、我々領民や、国の未来を思って尽力してくださったこと。お前は、知らないだろうが！」

腹の底から、クリストは怒鳴った。

「アルセニオス陛下は、そんな王女様の苦悩を理解して、あの方を自由にしてくださった。王女様を殺した？　バカなことを言うな！　あれは、王女様自身が望んだこと。王妃になるより、ルイス様への愛を貫いて死にたいと、あの方自身が望んだんだ！」

ルイス——それは、アレサンドリが遣わした薬師《くすし》の名前だった。アティナの、恋人だった男性。

クロエは知らず両手を握りしめた。領民たちが、アティナの死を仕方のないことと受け入れてしまえるほどに、ふたりは深く愛し合っていたのだ。

イオセフも同じだったのだろう。言葉もなく、領民やクリストを見つめていた。

「……さぁ、いつまでもこのような場所に留まっていないで、中へご案内いたしましょう。その単細胞には、あとで、ゆっくり、話をうかがえばいいのです」

『あとで』と『ゆっくり』のところが嫌に強調されていた気がするが、クロエはあえて聞き流す。

ここまでの様子を見る限り、クリストはカルピオマ三兄弟の中で一番の常識人に見えた。しかし、あのニコラスとこのイオセフを兄に持つのだ。きっと癖《くせ》が強いんだろうな、と若干《じゃっかん》うんざりしながら、クロエたちは領主の城に入ったのだった。

クリストはクロエたちをそれぞれの部屋へ案内したあと、歓迎の夕食会を開いた。フィニカ側はクリストとその妻カリオペが、こちらはアルセニオスとクロエ、デメトリの三人が参加する、ささやかな夕食会だった。

「お初にお目にかかります、クロエ様。兄たちがあなた様に多大なるご迷惑をおかけしたようで……申し訳ありません」

ほどよい加減に火が通ったステーキをいただこうとしていたクロエは、肉を刺したフォークを持ち上げたところで動きをいびつに止めた。

兄たちとは、ニコラスとイオセフのことだ。イオセフについては、先ほどお縄で縛《しば》って引き渡したところだから、言わんとすることはなんとなくわかる。

しかし、ニコラスについては別だ。彼がかけてきた迷惑とは、忠誠云々《うんぬん》の話だろうが、どうして遠いフィニカにいるクリストが知っているのか。

「長兄からの手紙に書いてありました。忠誠を誓いたいと思う人が現れたから、その人のそばに侍《はべ》るためにも、イオセフをさっさと捕まえろ。と」

どんな内容だよ！　と、クロエが心中でつっこんでいると、クリストは目をすがめて頭を振った。

「私はすぐに返事を書きました。あなたが誰に忠誠を誓おうが自由です。が、我々貴族が仕える方はアルセニオス陛下、ただおひとり。それだけは間違えぬように、と」

訳――クロエ様に侍りたいとか以前に、お前がイオセフをなんとかしろよ、くそ兄貴。それでもルルディの貴族か、馬鹿たれが。

おかしい。なぜだかクリストの声が二重に聞こえた。誰かが耳元でささやいてきたのかと辺りをうかがったが、誰もそばに立ってはいなかった。

夕食を終えると、クリストはとある小部屋へ案内した。そこは元々使用人のための部屋だったのか窓すらない狭い部屋で、ベッドと書き物机だけでいっぱいになっている。

部屋中央の書き物机の椅子《いす》には、イオセフが縄でくくりつけられていた。即席の尋問部屋といったところか。

「ここは空き部屋です。両隣も使われておりませんので、ちょっとやそっと騒いだところで問題にはなりません」

訳――好きなだけ、いたぶっちゃってください。

おかしい。また声が二重に聞こえる。クロエはきょろきょろと辺りを見渡したが、デメトリに目線で『うざいからやめろ』としかられるだけだった。

アルセニオスはイオセフの正面に置いてあった椅子に座り、クロエはベッドに腰掛ける。クリストはアルセニオスの斜め後ろに控え、デメトリは唯一の出入り口である扉の前に立った。

「……さて、話してもらおうか。お前に情報を流したのは、誰だ？」

「なんのことだか、わからないな」

「今回の襲撃はともかく、カルピオマ辺境伯に会いに行ったときは、非公式だった。どこでその情報を手に入れた？　一部の人間しか知らぬ情報だ」

「黙秘だ」

全身を縄でぐるぐる巻きにされているため、首しか動かせないイオセフはそっぽを向いた。

「……黙秘するのは自由だが、そうなると、真っ先に疑われるのはカルピオマ辺境伯だぞ」

「家は関係ない！」

イオセフはくくりつけられた椅子がはねる勢いで身を乗り出した。

「俺がアティナ様について探り始める前に家は出た！　絶縁状態だと、親父《おやじ》から聞いているはずだ」

「たしかに聞いているな。しかし、それが真実であるとどうやって証明する？　口ではなんとでも言える。あらかじめそう打ち合わせしていたのかもしれない。仲間がすべてカルピオマ辺境伯の軍に所属していたというではないか。無関係とは思えない」

アルセニオスの主張は至極《しごく》真っ当なものだ。イオセフは苦悶《くもん》の表情で歯を食いしばっていた。

「なら、質問を変えようか。お前の目的はなんだ？　俺を襲っておきながら、あっさりと退却している。俺の命が狙いとは思えない」

「目的なんて知らない。あんたを襲撃しろ、と指示されただけだ。殺せとは言われていない。俺はただ、真実が知りたかっただけなんだ」

「真実？」

「俺は確かに、クリストに比べればアティナ様について知っていることは少ないだろう。でも、あの方がベゼッセンと結託するなんて、絶対にあり得ない！　これだけは言える！」

イオセフが前へ乗り出すため、椅子が悲鳴を上げた。

「アティナ様が王位を狙うなんて絶対にあり得ない！　ましてや、まったく無関係のバリシア領主を巻き込むなんて、あの優しいアティナ様が、するはずがない！」

ニコラスは、アティナを妹でありお姫様だと言っていた。

それはきっと、イオセフも同じ。

大切な妹がなぜ死ななければならなかったのか。しかもその理由が、とうてい信じられるものではなかったら。

「あんな理由で……納得なんてできるか！　恨むことも、悲しむこともできやしない！」

「兄さん……」

イオセフの苦悩を、クリストは理解できたのだろう。痛ましそうに見つめて、続ける言葉を見失っている。

アルセニオスやデメトリも同じなのか、誰もなにも言えないでいる。

そんな中、クロエが口を開いた。

「最初にベゼッセンとつながったのは王女殿下ではありません。前バリシア領主です」

全員がはっと顔を上げ、こちらに注目する。

アルセニオスたちまで驚いた顔をしていたので、クロエは首を傾《かし》げながら答えた。

「この方は真実を知りたいと言っております。『聖王女の騎士』が抱く疑問を解消したいのであれば、教えるべきです。この場には我々のほかにおりませんし、この方は他言などしないでしょう」

「ちょ……っと、待て。どういうことだ？　最初にベゼッセンとつながったのは、アティナ様じゃないのか!?」

イオセフが器用に椅子をはねさせて、クロエへと近づいてくる。

「ですから、そう言っています。陛下とクリスト様のお話を聞く限り、ベゼッセンとつながったことすら怪しいですね。おそらくは、王女殿下が王妃を拒《こば》み、自ら処刑されることを望んだために、ベゼッセンとつながった、という罪をでっち上げることになったのでしょう」

イオセフは大口を開けてしばし呆然《ぼうぜん》としたあと、アルセニオスを振り返った。

アルセニオスはクリストやデメトリと視線を合わせ、怪訝《けげん》な表情でうなずいた。

「クロエの話は本当だ。ベゼッセンとつながったのはアティナ様ではない。前バリシア領主だ。前バリシア領主は情報を操作してアティナ様を孤立させ、我々と対立させた」

やはり、そういうことだったのか。と、クロエは納得した。

アティナはその脆弱《ぜいじやく》な身体《からだ》のせいで王位は継げなかったけれど、正統な王位継承権を持っていた。それはアティナ自身にはなんの意味も成さないが、混乱する国の中で権力を手にしたいと願う者たちには絶大な力となった。

アティナを手中に収め、王位の正当性を唱えればいい。それだけで、救国の英雄であるはずのアルセニオスは簒奪者《さんだつしや》となる。ベゼッセンと前バリシア領主はそれを狙い、結局、阻止《そし》された。

ここ数日、心に引っかかっていた疑問のひとつが解決して、クロエは満足げにうなずいた。

しかし、アルセニオスたちはいまだ腑《ふ》に落ちないという表情をしている。どうしたのだろうと瞬きを繰り返せば、アルセニオスが慎重に切り出した。

「あのな、クロエ。お前の情報は、正しい。でも、間違ってもいるんだ」

正しいけど、間違っているとは、いったいどういうことだろう。眉間《みけん》にしわを寄せるクロエを見て、アルセニオスは意を決する。

「公式の発表では、イオセフの言うとおり、最初にベゼッセンとつながったのはアティナ様だった。ということになっている。アティナ様が、前バリシア領主を巻き込んで俺たちと敵対した。だから、処刑されることになった」

「知っていますよ。祖父が見せてくれた資料にもそう書いて……」

アルセニオスが言わんとすることを理解したクロエは、口を開けた状態で固まった。周りの面々も何も言わず、小さな部屋を沈黙が包む。

「…………え、ちょっと待ってください。私は、どこでこの情報を仕入れたのでしょう？」

ヨルゴスがクロエに見せた資料には、公式発表の内容しか記載されていなかった。前バリシア領主が先に裏切っていたなどという情報は、ちらりとも書かれていない。ヨルゴスすら把握《はあく》していないかもしれない事実を、どうしてクロエは記憶しているのだろう。

「俺たちもそれを知りたい。どこで仕入れたんだ」

「ちょ、ちょちょちょ、ちょっと待ってください！　いま思い出しますから！」

クロエは両手で頭を抱え、記憶をたぐる。しかし悲しいかな。見せられた書類の内容は覚えていても、いつどこでなのかは思いだせない。

「というか、おかしいです。この情報が載っていただろう書類の記憶がありません」

　クロエの頭の中には、莫大《ばくだい》な情報が、書類に記載されたそのままの文章で記憶されている。

　しかし、今回のアティナの情報に関しては、『バリシア領主とベゼッセンがつながっており』と断片のみが記憶されているのだ。

「どういうことだ？　書類の記憶がないというなら、誰かが話していたということか？」

「この事実を知るのは、フィニカの民と、我々だけです。祖父ですら知っているかどうか……」

「クロエ、思い出せ！　お前はどこでその情報を知った？」

　アルセニオスに命じられ、クロエは両腕を組んで目を閉じ、低くうなる。なにかが浮かびそうで、まったくなにも浮かばない。

「なにか、きっかけでもあれば……」

「いいか、クロエ、まずは情報を整理しよう。今回の情報について、なんと記憶しているんだ？」

「えと、『バリシア領主とベゼッセンがつながっており』です」

「それだけか？　……ずいぶんと断片的な内容だな。その前後を記憶していないとなると、誰かの話を聞いたと言うより、文章を見かけたと考えたほうが妥当《だとう》か。だが、前バリシア領主の裏切りについて、公式発表以外、文章に起こしていないぞ」

「我々が把握している限り、それについての記述があるのは、アティナ様から陛下に唯一渡った、あの手紙だけです」

「あれはカルピオマ辺境伯が直々に渡してくれたもの。私へ渡るまでの間にクロエの目に触れることはなかっただろうし、いまもあの手紙は私が保管している。誰かの手に渡るなど――」

「あああああああぁぁっ！」

アルセニオスの言葉を遮《さえぎ》って、クリストが声をあげた。

あまりの大声に全員が身をこわばらせて振り向くと、クリストも自分たちとそう変わらない驚愕《きょうがく》の表情で、頭を抱えていた。

「ひとつだけ、じゃない。違うんです！　王女様の手紙……その一通だけじゃないんです！」

「どういうことだ？　あれ以前に送った手紙なら、前バリシア領主が握りつぶしていたんだろう？」

「違います！　陛下に渡った最後の手紙です。まったく同じ文面の手紙を二通用意しました。一通は、私の父へ。その前バリシア領主に妨害されないよう、道なき道を通って運んだのです。そして、もう一通は陛下へ直接」

「私へ直接？　しかし、私の手に渡ったのはカルピオマ辺境伯から渡されたものだけだぞ」

両手をおろしたクリストは、中指で眼鏡《めがね》のブリッジを持ち上げて位置を直した。

「王女様は、前バリシア領主だけでなく、アルセニオス陛下の周りにも自分を排したい者がいると考えていました。その誰かが、王女様の手紙を握りつぶすかもしれない。そう考えて、一通は父へ託したのです。結局、直接陛下へ宛《あ》てた手紙は届くことなくどこかへ消えた。悲しい話ですが、王女様の予想は当たっていたのでしょう」

クリストの話は、当時の状況をよく知らぬクロエでも痛ましく思うものだった。

二年前の混乱の中、アティナは戦っていたのだ。

叔父《おじ》である前王のせいで外界と満足なつながりを得られず、前バリシア領主によって情報を遮断《しゃだん》され、孤立した状況の中で、あきらめることなく。

領民以外に、アルセニオスとカルピオマ辺境伯しか信じられる人がいなかった彼女は、必死に知恵を絞《しぼ》り、希望をつなごうとした。

なんて気高い人だろう。不覚にも、クロエの心がしびれた。

「ならば、クロエが見た文章というのは……」

「おそらく、陛下の手に渡らなかったもう一通かと」

「クロエ、思い出せ！　いったいどこで見たんだ！」

アルセニオスはクロエの両肩をつかんで揺さぶる。アティナを思って必死になる彼を見ても、以前のようなもやもやとした感情は浮かんでこない。

アティナがいかに高潔な人なのか、わかったから。名ばかりの脆弱《ぜいじゃく》な王族などではなかったと、知ったから。

「なにか、きっかけがあれば……そうだ！　王女殿下が書いた書面はありますか？　筆跡を見れば、なにか思い出すかも……」

「取ってきます！」

クリストが部屋を飛び出していき、程なくして戻ってくる。渡された書面は、クリストとカリオペの結婚を祝福する手紙だった。その内容にわずかな引っ掛かりを覚えたものの、いま気にするべきところではないと流す。

女性らしい柔《やわ》らかさを持ちながら、すっきりと読みやすい文字は、アティナの潔《いさぎよ》い人柄が感じられた。

クロエはこの文字に見覚えがあった。皆の言うとおり、手紙だ。

手紙を読んだ……いや、読んだわけではない。

のぞき見た？　違う。見えたのだ。

たまたま、そう、拾ったときに――

『あぁ、クロエ、すまないな。助かったよ』

「ああああああああああああ！」

クロエは叫んで、書類から顔を上げた。

クリストの比じゃない大声に、アルセニオスたちはたまらず耳を押さえていたが、なんとか復活して問いかける。

「思い出したんだな。おい、どこで読んだんだ！」

「読んだんじゃありません。拾ったんです！　おじいさまが落とした書類……その中に、王女様の手紙も混ざっていました！」

「そんな、おじいさまが……」

クロエの答えを聞いて、ショックを受けたのはデメトリだった。無理もない。

二年前の混乱の中、ヨルゴスはアティナとアルセニオスが連絡を取り合えないよう、工作したということだから。

「なるほどな……。なんの力も持たず、面倒なお荷物にしかならない王族を生かして手に入れるより、どさくさに紛《まぎ》れて始末してしまえ。そう考えたのだろう。ヨルゴスらしいな」

そう言うアルセニオスも、ショックを隠し切れていない。失望とも絶望ともつかぬ感情をもて余しているようだった。

「祖父は、常々言っていましたから。立場に見合った力を手にできぬ者は、罪だ——と」

デメトリの言葉は、クロエも何度となく聞いた言葉だった。

ヨルゴスの判断は、人としては間違っているかもしれないが、為政者《いせいしゃ》としては正しい。

アティナは正統な王位継承者で、それだけでなく、民衆の支持も集めていた。下手《へた》に処刑すれば新たな問題を生むかもしれない。事実、『聖王女の騎士』を生んでしまっている。

しかし、生かしておいてはもっと大きな禍根《かこん》をもたらすだろう。革命の動乱の中でアティナが命を落とす。それが最も安全な結末だった。

だからヨルゴスの行動は、許しがたいことではあるけれど、納得はできる。

けれど――

「ひとつ、質問があります」

ずっと沈黙していたクロエが、イオセフの目の前に立つ。机に両手を置いて、身を乗り出した。

「あなたに情報を流したのは、ヨルゴス・ヘッケルトですか？」

口をへの字に曲げて押し黙っていたイオセフは、クロエを見上げる。そのまましばらくにらみあっていたが、やがて、視線を落として首を横に振った。

「情報を流したのが誰なのか、俺にはわからない。俺はただ、手紙で送られてくる指示に従っていただけだから」

「手紙？　そんなものに、どうして従ったのですか？」

イオセフは苦しそうに顔をゆがめて「……それは、言いたくない」と言うと、顔をあげた。

「手紙の送り主は俺に隠れ家を与え、そこに指示を書いた手紙を送ってきた」

「手紙を運んでいたのは？」

「老人だ。いつも小綺麗《こぎれい》な服を着て、隠居《いんきょ》した商人といった雰囲気《ふんいき》だった。……あぁ、そうだ。いつも片足を引きずっていたぞ」

「片足を……？」

クロエの頭に浮かんだのは、屋敷でヨルゴスの斜め後ろに控える執事だった。たしか彼は、ヨルゴスをかばって怪我《けが》を負い、それ以来片足を引きずっている。

「あなたに指示を送ったのも、祖父で間違いないでしょうね……」

デメトリが意気消沈してつぶやく。クロエと同じ人物が頭に浮かんだのだろう。

アルセニオスの評価を下げるために動いていたと思われる『聖王女の騎士』さえも、ヨルゴスが裏で糸を引いていた。

つまり、ヨルゴスは反国王派だったということか。

「おかしいです。それ」

クロエはつぶやき、アルセニオスへと振り返った。

「おじいさまは、私にアルセニオス様を守るようにと言いました。今回の婚約を言い出したのも、おじいさまだと聞いています」

「お前の言うとおりだが……それも、私を欺《あざむ》くためかもしれんぞ」

アルセニオスは重々しい声で言い返す。きっと、口にすることすらつらいのだろう。ヨルゴスを信頼し、尊敬していたから。

しかし、ヨルゴスのことを少しばかりわかっていない。

「おじいさまに限って、それはあり得ません。なぜなら、私はおじいさまにとって手放すのが惜《お》しい存在だからです」

「確かにお前をかわいがっているようだが……肉親の情だけで、判断を変える男ではないぞ」

いぶかしむアルセニオスへ、クロエは自分の頭を指さして答えた。

「私の頭の中には、大量の情報が保管されています。これは、長年おじいさまが様々な方法を使って手に入れたもの。そう易々と手放したりしないです。ましてや、つぶそうと考えている相手に譲渡《じょうと》するなんて、あり得ない」

クロエの頭の中の情報は、主と認めた者のみが利用できる。

アルセニオスは、主と認められた。そう誘導したのは、他ならぬヨルゴスだ。

「しかも、です。偶然とはいえ、私は、二年前おじいさまが妨害工作をした証拠となる手紙を見ているのです。そんな人間を、アルセニオス様のそばに置くと思いますか？　そもそも、手紙を見たことも偶然かどうか……」

「わざと、手紙を落としたというのか？」

アルセニオスの問いに、「おそらくは」と肯定する。

「おじいさまが大切な書類を落とすなんてありえません。もし本当に偶然だったのなら、おじいさまは言ったでしょう。『いま見たことは、忘れなさい』と。そうすれば、私は見たことを誰にも話さないのだから」

クロエが真実を話したのは、イオセフを不憫《ふびん》に思ったのと、この場にいる全員が秘密を他言しないと判断したから。とはいえ、もしあの時ヨルゴスが口止めしていたなら、どれほど良心が痛もうとも秘密を口にすることはなかったはずだ。

「おじいさまがなにを考え、今回の一連の工作を行ったのか、私にはわかりません。でも、私は、その手紙を手に入れるべきだと思います」

「手紙の保管場所が、わかるのか？」

「わかります。おじいさまがどの金庫に大切なものを保管するのか。その鍵《かぎ》がどこにしまってあるのかも知っています」

アルセニオスだけでなく、部屋にいる全員が目をむいている。みんな同じ顔をしていることが面白くて、クロエは笑った。

「ね？　こんな重要な秘密をいくつも抱える私を、どうでもいいと思っている相手に託すはずがないんです。おじいさまは私に、常にアルセニオス様のそばに侍り、その身をお守りしろと命じられました。私はおじいさまの言葉を信じます」

「……信じる、か。いいねぇ、最高だ」

イオセフがひとりつぶやいたかと思えば、突然大笑いし始めた。クロエたちが困惑していると、笑いを治めた彼は、吹っ切れたような表情で長い息を吐いた。

「うん。俺も、信じたいと思った人を信じてみるかな」

決意して、クロエへと視線を向けた。

「俺がどうして手紙に従うと決めたか、教えてやる。親父《おやじ》だよ。親父にそう命じられたんだ」

「父さんが!?」

クリストが声をあげる。

まさかカルピオマ辺境伯まで関わっていただなんて。クロエたちも驚きを隠せない。

「アティナ様の死に納得できないのなら、この手紙の通りに動けってな。そうすれば、いつか答えが見つかるって言われたよ。本当だったな」

つきものが落ちたかのように、イオセフは力なく微笑《ほほえ》む。

「アティナ様の無実を晴らしたい、なんて言ってさ……本当は、俺自身が信じ切れていなかったんだ。もしかしたら本当に国を裏切ったのかもしれない。心のどこかでそう思ったから、俺は納得できなかった。お前の言ったとおりだよ、クリスト」

「兄さん……」

クリストはイオセフのそばへと寄り、その肩に手を置いた。

「さっきはひどいことを言ってしまって、ごめん」

「謝るのはこっちの方だ。俺こそ、一番つらいときに駆けつけてやれなくて、すまない。お前はよくやったよ、クリスト。最後までアティナ様を支えてくれて、ありがとう」

黙ってうなずいたクリストは眼鏡《めがね》を外し、手の甲で目元をぬぐう。

兄弟の和解を邪魔するのもはばかられたクロエたちは、彼らに背を向けて身を寄せ、話し合いを始めた。

「結局どういうことなのでしょう。おじいさまの指示に従うよう、カルピオマ辺境伯が命じたということは、ふたりは協力関係にあったと？」

クロエの問いに、「そう考えてまず間違いないだろう」とアルセニオスは答える。

「カルピオマ辺境伯に会うよう勧めたのはヨルゴスだ。となると、ここまでの流れも計算のうちかもしれんな」

「祖父の目的は？」

「わからん。だが、手がかりがまったくないわけでもない。クロエの直感を信じるなら、すべての鍵は、アティナ様の手紙にある」

「手紙を取りに行くのは、私にやらせてもらえますか？」

言い出したのは、デメトリだった。

なにかを吹っ切った表情で、アルセニオスを見つめる。

「祖父がなにを考え、動いていたのか。私自身の目で確かめたいのです」

「……わかった。行ってこい」

「はい！」

デメトリは思い切りのいい返事をすると、クロエから詳しい保管場所と鍵のありかを聞き、部屋を出て行った。

「なぁ、あんた。クロエって言ったよな」

デメトリの背中が扉の向こうへ消えるのを見送っていると、背後から声がかかった。

振り返ると、和解はしても縄をほどいてもらうには至らなかったらしいイオセフが、椅子《いす》に縛《しば》られた格好のままクロエへ近づいてきた。

「あんた、俺を使わないか？　あんたのその、人を信じる力。信じると決めた自分を信じ抜く力に、感服したんだ。俺はあんたの騎士になりたい！」

肩から腰まで。縄でぐるぐる巻きにされているというのに、イオセフは器用にはねて近づいてくる。

その行方《ゆくえ》を阻《はば》むように、アルセニオスがクロエを背にかばった。

「寝言は寝て言え。お前には、聖王女の騎士として世間を騒がせた罪が待っているんだ。おい、連れて行け！」

アルセニオスが声を張り上げると、廊下《ろうか》から騎士がふたり入ってくる。彼らは黙ってイオセフへ近づき、ふたりがかりで椅子ごと持ち上げ運んでいった。

「ちょ、まだ話は終わって……なぁ！　ちゃんと罪は償《つぐな》うから！　そのときは俺をあんたの騎士に――」

イオセフの嘆願《たんがん》は最後まで聞き届けられることなく、扉の向こうに消えていった。

「アルセニオス様。あの人、どうするんですか？」

結局のところ、『聖王女の騎士』は世間を騒がせたというだけで、なにかを盗んだわけでも人を殺《あや》めたわけでもない。なんの報いも受けない、というのはなしにしても、それほど大きな罪にならないはずだ。

「追って沙汰《さた》は考える」

アルセニオスの答えは、とても投げやりだった。

「ところでクロエ。今回の王太子妃問題に関して、お前はどう思う？　これも、ヨルゴスが関係していると思うか？」

クロエはあごに手を添え、首をひねった。

「私にはなんとも……聖王女の騎士と同じようにアルセニオス様の評価を下げることが目的なら、今回の王太子妃の行動にもうなずけるんですけど……でも、アレサンドリ側に、なんの利点もないんですよね。そういえば、王太子とは連絡が取れたのですか？」

「残念ながら、手紙を届けに行った騎士がいまだ戻らない。我々の手紙が届いたのかすらわからん状態だ。ただ、アレサンドリ神国へ送った手紙がそろそろ届いているころだろうから、もし王太子側になにか問題が起こっていたとしたら、そちら経由で報せがあるだろう」

「王太子のもとへ向かった騎士の捜索は行わないんですか？」

「ベゼッセンとの関係は微妙だからな。下手《へた》に騎士を派遣して刺激したくはない」

「なんだかきな臭《くさ》いですよねぇ。しかも、いま王太子妃と一緒にいるのが現バリシア領主というのが……」

アルセニオスも右手であごに触れ、左手を腰に添えて考え込む。

「フィニカ領主を独断で決めてしまったから、その埋め合わせとして現バリシア領主の選定は俺ではなくヨルゴスをはじめとした有力貴族たちが行った。辺境伯となるには少々気が小さいが、だからこそ守りを固め、俺に疑われぬよう他国と下手に接触しないだろう、と言われていたな」

「そうなんですよ。気の弱い現バリシア領主が、大国アレサンドリ神国の王太子妃を、うまく制御できると思いますか？」

「王太子妃に逆らえず、なにかよからぬことに荷担すると？」

あごに添えていた手を下ろしたクロエは、アルセニオスの目をまっすぐに見て宣言した。

「詳しいことはわかりませんが、王太子妃が主催する夜会には、なにかしら面倒な罠《わな》が仕掛けられている。そんな気がします」

「お前が言うなら、そうなるのだろうな」

アルセニオスは肩をすくめたのだった。


デメトリが手紙を取りに行って、二日が過ぎた。

今回のバリシア領訪問は、フィニカ領の視察も兼ねていた。イオセフを捕らえた翌日を使ってフィニカを視察した後、その翌日にはバリシア領へ移動した。

そして、バリシア領に到着した今日、王太子妃主催の夜会が行われる。

会場は領主の館の大広間。天井は高く球状で、四季の移ろいを描いた天井画が見事だ。壁の高い位置には鮮やかなステンドグラスが並んでいる。つり下げられた巨大なシャンデリアが、部屋全体を、きらびやかに照らしていた。

今夜のクロエは、白地に大ぶりな赤い花を刺繍《ししゅう》した生地に、シャンパンカラーのオーガンジーを重ねたドレスをまとっている。ドレス一面に施《ほどこ》された花の刺繍が、オーガンジーを重ねることで赤から夕焼け色に見事に変化していた。ウエストマークのリボンはアルセニオスの瞳と同じ深緑。左脇腹の辺りで結び、長くたれたリボンの先はクロエの瞳の色である濃紺《のうこん》へ徐々に変わっていた。

いつも無造作《むぞうさ》にまとめていた髪は高く結い上げ、深緑の宝石を葉の形にあしらった飾りを着けている。首もとは、髪飾りと同じ深緑の宝石と濃紺の宝石が寄り添うように連なった豪奢《ごうしゃ》なネックレスを着けた。

対するアルセニオスも、クロエの瞳の色である、濃紺のテールコートを羽織《はお》っている。襟元《えりもと》や肩の飾り紐は金ではなく、それより淡い、シャンパンカラー。コートの内側にちらりとのぞくベストと足下のロングブーツは深緑で、タイを飾る大粒の宝石は濃紺だった。

まさにふたりの色を組み合わせた衣装に、会場に集まる人々が感嘆《かんたん》の声を漏《も》らす。それを見て、クロエは満足げに笑った。

「よかったな、クロエ。わざわざフィニカの町で改良しただけのことはあった」

そうなのだ。アルセニオスの言うとおり、今日クロエが纏《まと》っているドレスは、すでに王都で完成させてあったものを、フィニカで改良したのだった。

しかしそれは、さらなる賞賛を得るために施《ほど》こしたわけではない。もっと他に目的があった。

「ふふふっ、楽しみにしていてください、アルセニオス様。このクロエ、あなた様を守り切るため、最善の手を打って参りましたから！」

「そうか。俺としては、何事もなく過ぎればいいなと思っているが……」

「見ていなさい、不届き者ども！　このクロエが、あなたたちの計画をすべて吹き飛ばしてあげるわ！」

「ちょっとわくわくしてるだろ、お前」

アルセニオスの鋭いつっこみを、クロエは華麗《かれい》に無視したのだった。

気合い十分に挑んだ夜会だったが、とくになにかが起こるでもなく淡々と進んでいる。

今夜も王太子妃はベールで顔を隠している。また暴言を吐くのではと心配だったが、あらかじめ心の準備をしておいたのか、アルセニオスときちんと挨拶《あいさつ》を交わした。

とは言っても、まともな対応はそこまでが限界で、挨拶以降、彼女はアルセニオスのそばに近づこうとしない。おかげで、他貴族たちの視線が痛いったらない。

面会の際の出来事は、場所が場所だけに限られた数の目撃者しかいなかったわけだが、今夜は違う。アルセニオスの他にも国内の有力貴族たちが招待されているこの会場でなにか問題が起これば、それは瞬く間にルルディ全体が認知する事柄となるだろう。

アルセニオスは王太子妃からの覚えが悪い――ということも、噂《うわさ》ではなく事実として認識されてしまう。

「まさか、それが狙いとか？」

「この方法なら、もめ事を起こさずとも俺の評価を下げられるな。うまいやり口だ」

クロエとアルセニオスは、ダンスを踊りながら王太子妃の目的について相談する。

たくましい腕に導かれるままくるりと回り、彼の胸へと戻ったクロエは、小さく「ふざけないでください」と注意した。

「アルセニオス様の評価をみすみす下げるだなんて、許せません」

「心配ない。多少ここで評価が下がったところで、王太子妃が帰ったあとに挽回《ばんかい》すればいいさ」

紅を引いた唇をとがらせるクロエに、アルセニオスは朗らかに笑って見せた。

そのとき、

けたたましい音をたてて、壁のステンドグラスが一斉に砕《くだ》け散った。

女性たちの悲鳴が上がり、華やかに踊っていた人々が逃げ惑う。しかし、どこへ逃げればいいのかわからず、ただただ会場内を走り回り、なかにはぶつかって倒れる者もいた。

場内が混乱を極める中、クロエとアルセニオスは互いに背中を合わせて立ち、辺りを警戒する。

ふいに、走り回る人の群れから、きらりと光るものが見えた。

金属音が鳴り響く。アルセニオスの背中めがけて振り下ろされた剣を、細身の剣でクロエが受け止めていた。

「ふふふっ……どうして私が剣を持っているのか、驚いていますね。私たちが、なんの対策も立てずにのこのこやってくると思っているんですか？」

クロエの背後では、アルセニオスが短剣を上着の胸元から取り出し、襲撃者の剣を退けている。

クロエは受け止めた剣ごと体当たりをして、襲撃者と距離を置く。いつの間にか、クロエたちの周りは剣を構えた男たちで固められていた。招待客として紛《まぎ》れていたらしい者もいれば、警備の騎士の格好をした者もいる。結構な数が紛れ込んでいたようで、取り囲む敵のさらに外側では、味方の騎士たちが戦っていた。

クロエとアルセニオスは背中合わせに立ち、それぞれ武器を構える。

「おい、クロエ。自分がドレス姿だってこと、忘れるなよ」

「そういうアルセニオス様だって、短剣で戦うのですから、気を抜かないで……って、剣になってる!?」

アルセニオスが握っていたのは、先ほどまでの短剣ではなく、正真正銘《しょうしんしょうめい》の剣だった。

「さっき敵から奪った」

見ると、肩を押さえて遠巻きにこちらをうかがう男を発見した。たぶん、あの男から奪ったのだろう。

「ほら、俺の心配はいらん。お前は自分のことに集中しろ」

「私の心配だっていりませんよ。見てください！」

クロエは腰に巻いたリボンをほどき、スカートを引っ張った。

するとまぁ、なんということでしょう。スカートが腰からはがれ落ち、中からズボンが現れた。ご丁寧《ていねい》に、腰にはパニエに見せかけた銀の防具が巻いてあり、ベルトには細い剣が三本挿してあった。そのうちの一本を、クロエは使用している。

「おま……なんだそれは!?」

「特注の騎士ドレスです！　スカートのボリュームを生かして、下に甲冑《かっちゅう》を着れないだろうかとフィニカの仕立屋に相談したところ、改良してくれました。じつは上半身も、下着と見せかけた甲冑を着ているんですよ！」

「仕立屋を呼んでなにかせっせと準備しているなと思ったら……！」

アルセニオスは額に手を当ててうなる。

フィニカの町に唯一存在する仕立屋は、クロエの提案を聞くなり、ノリノリで改良してくれた。

クロエの要望に応える柔軟《じゅうなん》な発想だけでなく、腕も素晴らしく、一日というわずかな時間の中で、大変満足いく騎士ドレスを作ってくれたと思う。

「これからは、手持ちのドレスをすべて騎士ドレスに改良しようと思います！」

「……そうか。とりあえず、お前の中で決定しているなら、もうなにも言うまい」

「仕立屋の娘さんがそれはもう理解のある人で、決めぜりふまで考えてくれたんです！」

「は？　決め……」

クロエは腰に片手を当てると、剣を握りしめた手を肩まで持ち上げる。

「さぁ、不届き者ども！　二度とバカな真似《まね》などできないよう、わたくしが直々にお仕置きして差し上げます！」

決めぜりふを吐き、剣を斜めに振り下ろす。それはまるで、鞭《むち》を打ち鳴らしているようだった。

「…………」

アルセニオスは、言葉を失っている。周りを囲う襲撃者たちに至っては、なぜだが頬《ほお》を染めてそわそわしていた。

周囲の変化に気づくことなく、クロエは襲撃者へむけて駆け出す。

アルセニオスが動く必要もなく、彼らは瞬く間にクロエに沈められた。少し幸せそうに見えたのは、気のせいだろうか。

再起不能となった男どもを積み上げ、頂点に片足を載せる。まさに勝者といった風貌《ふうぼう》だが、その表情はさえない。

「手応えがない……」

「あぁ……戦う前から勝敗は決していたからな」

アルセニオスは、ここではないどこかを眺めてつぶやいた。

「アルセニオス様！」

遠くから女性の声が届く。クロエとアルセニオスが振り向けば、壁際に避難していた人混みの中から、王太子妃が飛び出してきた。

「た、助けてください！　何者かが私を……っ」

彼女は足をもつれさせながら、アルセニオスへと駆けよる。派手に巻いた金の髪は乱れ、ドレスの裾《すそ》も一部裂けている。いつも顔を隠していたベールは外れ、吊り上がった青灰色の瞳があらわとなっていた。必死に抵抗して逃げてきたのだろう。

アルセニオスは剣をおろし、王太子妃を受け止めようと両腕を広げた。

王太子妃も両腕を伸ばしたものの、よほど動転しているのか躓《つまず》いて転んでしまう。アルセニオスが急いで駆けつける中、クロエは見た。

身を起こした王太子妃の手元が、きらりと光るのを。

「アルセニオス様！」

クロエが鋭く叫ぶ。

全身を緊張させてアルセニオスが足を止める。

あと数歩の距離を、王太子妃は立ちあがるなり一気に詰める。

その手に、短剣を握りしめて——


澄んだ音が場内にこだまする。

高い天井を背景に、短剣が弧を描いて飛んでいく。磨《みが》き抜かれた刃が、シャンデリアの灯火を受けてまばゆく輝いていた。

王太子妃ののど元には、細身の剣が突きつけられている。少し離れてアルセニオスが、そして、ふたりの間には、剣を構えるクロエが立っていた。

「ア、アレサンドリ神国の王太子妃に向かって、剣を向けるなど！」

切っ先が当たらないよう、顔を上向かせながら、視線だけはクロエから外さずに王太子妃は言った。

身を震わせ、動揺《どうよう》が伝わる弱々しい声は見る者の同情を誘う、しかし、クロエは揺らがない。

「恐れながら、相手がどのような方であろうと、我が主を害そうとするならば、私は全力でそれを阻《はば》むのみです」

「私になにかあれば、アレサンドリ神国が黙っていないぞ！　このような小さくもろい国、アレサンドリ神国の国力をもってすればつぶすなどたやすい！」

会場の貴族たちがざわつく。アレサンドリ神国は周辺諸国の中でも群を抜いて豊かな国だ。ルルディのような小国は、アレサンドリとの交易によって保たれている。アレサンドリが取引を行ってくれるからこそ、他の国も対等に扱ってくれるのだ。

もしも彼らが交易を止めれば――いや、彼の国の不興を買ったという事実だけで、ルルディは大きな打撃を受けるだろう。

貴族たちの焦燥《しょうそう》を感じ取った王太子妃は、勝ち誇った笑みでアルセニオスを見下ろした。

「ルルディは、我が国の慈悲《じひ》によって生きながらえている。滅びたくなければ、分をわきまえて私の言うことを聞け！」

「断る」

王太子妃の高圧的な物言いを、すっぱりと切って捨てたのは、他ならぬ、アルセニオスだった。

剣を突きつけるクロエの背後に立つ彼は、怒りを表すでもなく、ただ淡々と、しかしながら見る者を呑《の》み込むような威厳をはらんで、言った。

「我がルルディは、アレサンドリ神国に比べれば、確かに小国だ。しかしだからといって、アレサンドリ神国の属国などではない。断じて、ない！」

遠巻きに見つめる貴族たちからどよめきが起こる。アレサンドリを敵に回し、怖《お》じ気《け》づいているのではない。アルセニオスの凛《りん》とした宣言を聞き、胸を打たれたのだ。

国の誇りを、権利を守るため立ち向かう、気概《きがい》。これぞ、王者の風格。

彼を背にかばうクロエも、自分の主の気高《けだか》さに心を震わせていた。

脅《おど》しがきかないとわかった王太子妃は、今度はふりでなく動揺《どうよう》したようだった。一歩、二歩、と後ずさり始める。

そんな彼女へ、クロエはとどめをさした。

「王太子妃殿下。我々はあなたを、国王陛下暗殺未遂《みすい》の罪で拘束《こうそく》します」

クロエが一歩踏み出すと、王太子妃は背を向けて走り出した。逃げるのかと思いきや、彼女はクロエにはじかれた短剣を拾い上げ、自ら首に突きつける。

「きゃっ……」

短い悲鳴とともに、王太子妃は短剣を取り落とした。すかさずクロエが駆けより、床に落ちた短剣を蹴《け》り飛ばす。

しかし、王太子の手元から落ちたのは、短剣だけではなかった。

「……スプーン？」

思わず、クロエはつぶやく。

それは、会場のテーブルに並べてあったカトラリーのひとつ、スプーン。どうやら誰かが王太子妃の手に投げつけたらしい。

「おいおい……ここにきて自殺とか、勘弁《かんべん》してくれるか」

いったい誰が投げつけたのか、と周囲を見渡した時だった。聞き覚えのない声が飛んできたため顔を向ければ、人垣《ひとがき》を割ってひとりの男が現れる。

その男は、とにかく大きかった。背が高いだけでなく肩幅も広く、生成《きな》りのシャツの上からでもわかるほど筋骨隆々としていた。それだけでも印象に残るのに、さらに男は、とても美しい顔立ちをしていた。太陽の光を集めてきたかのように見事な金の髪と、雲ひとつない青空色の瞳。どちらも王太子妃と同じ色合いだが、彼女がかすんで見えるほど美しい。

手に数本のスプーンを握っていることから、彼が自殺を阻止《そし》したようだ。この男は何者なのだろう。王太子妃の動向を警戒しつつ様子をうかがっていると、アルセニオスが声をあげた。

「あなたは、コンラード殿！」

「お久しぶりです、ルルディ国王陛下」

男――コンラードは、すぐさま膝を折って礼をする。その仕草の優雅さから、彼が貴族であると知った。

コンラード。その名前に、クロエは覚えがあった。アレサンドリの王太子妃、つまりクロエの足下でうずくまっている彼女の、実の兄だ。

乱入者の正体がわかったところで、さらなる疑問が頭に浮かぶ。

コンラードはなぜ、いま、ここに現れたのだろう。

「ちょっと、コンラード様！　勝手に行かないでくださいよ！」

コンラードの背後で、同じように人混みをかき分けて現れたのは、デメトリだった。

「デメトリ様！」と、今度はクロエが声をあげる。手紙を入手できたのか確認だけでもしたいと思ったものの、現れた彼の様子を見て、眉根《まゆね》を寄せた。

「えらく……ぼろぼろですね」

数日間馬に乗りっぱなしだったろうとは思うのだが、それにしてもデメトリの姿はひどかった。全身砂まみれで、髪はぼさぼさ。服はあちこち破れ、頬や口元には血がにじんでいる。

「うるさいですよ、クロエ！　こちらはこちらでいろいろとあったのです！」

「なんだか知らないが、武器を持った集団に襲われていたぞ」

「襲われた!?」と、クロエとアルセニオスが声をそろえる。コンラードは頭をかいてうなずいた。

「俺は、そこにうずくまってる女を捕まえるため、ここへ向かっていたんだ。そしたら、精霊たちが騒ぎ出してな。何事かと寄り道してみれば、いまにも殺されそうなデメトリを見つけたというわけだ」

「……まさか、大の男をちぎっては投げるなどという人間離れした技を持つ方と、相まみえることがあるなんて思いませんでした。万事休すな状況でしたので、助かりましたが」

精霊とか、大の男をちぎっては投げなど、理解しがたい言葉がいくつも飛び交ったが、いまはそれよりも確認するべきことがある。

「あの、コンラード様。あなたは、こちらの女性を捕まえに来た、とおっしゃりましたか？　保護、ではなく？」

クロエの問いを、コンラードは不愉快そうに表情をゆがめて突っぱねる。

「保護なんてするわけがねぇだろう。俺はな、いまだベゼッセンに滞在中のエミディオ――じゃなくて、王太子殿下に頼まれて、その、光の巫女《みこ》を騙《かた》る不届き者を捕まえに来たんだ」

「光の巫女を、騙る…………て、えええええええええっ!?」

クロエだけでなく、会場内の貴族全員が叫んだ。

「まさか、国中がだまされるだなんて……」

と、コンラードは忌々《いまいま》しそうに舌打ちした。

「言っておくがな、うちのかわいいビオレッタは、こんな派手で下品な女と似ても似つかない、かわいくて美しくて高貴で神秘的で素直でちょっとおバカでそこがまたかわいい……とにかくかわいくてかわいくて仕方がないやつなんだ！」

「かわいい多くない!?」

「指摘してやるな、クロエ。それだけ溺愛《できあい》しているんだろう」

クロエとアルセニオスのやりとりなど無視して、妹愛の叫びは続く。

「それなのに、こんな……浅ましそうな女と勘違いするなんて……。正気を保ったままビオレッタの姿を描ききれる絵師がいないから、あいつの顔があまり知られていないことはわかっていたけど、腹立たしいったらありゃしない！」

コンラードは大股《おおまた》で偽の王太子妃に近づき、しゃがみ込むと、ドレスの胸元をつかんで思いきり引き寄せた。

「おい、くそ女。よくも俺のかわいいかわいいかわいいかわいいかわいい……」

「何回繰り返すつもりなの？」

「……かっわい～いビオレッタを騙りやがったな」

「あ、終わった。最後思いっきり感情をこめて言って終わった」

「お前がどれだけ身の程知らずだったか、あとでじっ…………………くり教えてやる」

「長っ！　じっくりの溜め、長っ！」

「覚悟しておけぇ！」

ちょこちょことクロエのつっこみが入っていたため、外から見ている面々にはなんとなく間抜けにも見えたが、鼻がくっつきそうなほど顔を近づけてすごまれた偽の王太子妃からすれば、ひとたまりもない。

相手が美形だったこともあり、よほど恐ろしかったのか、偽の王太子妃は白目を剝《む》いて意識を失った。暗殺者として訓練を受けていたであろう人が、これほど簡単に昏倒《こんとう》するだなんて。

クロエは密かに、ふざけたつっこみをいれておいてよかった、と思った。でなければ、きっと同じように倒れる人間が続出しただろうから。


偽の王太子妃を牢屋《ろうや》に放り込み、今回の騒動を防《ふせ》げなかったバリシア領主は部屋に軟禁《なんきん》。領地運営は、隣り合うフィニカ領を治めるクリストにいったん任せることを宣言し、その日の夜会はお開きとなった。

クロエとアルセニオス、デメトリにコンラードの四人は、バリシア領、領主の館の一室に集まっていた。

「デメトリ、大変な目に遭《あ》ったようだな。無事でよかった」

「陛下、お待たせして申し訳ありませんでした。コンラード・ルビーニ様の手助けを受けて、このデメトリ、あなた様のもとへ戻りました」

跪《ひざまず》くデメトリの乱れた髪を、アルセニオスはひと撫《な》でしてから、彼の隣に立つコンラードへと視線を向けた。

「改めまして、ご挨拶《あいさつ》申し上げます、陛下」

「あぁ、デメトリを助けていただいたこと、感謝する。それと、貴殿の大切な妹君を、あんな偽物と間違って申し訳ない」

「いいえ。偽物に関しては、我々があえて泳がせていたのです。ですから、ルルディ側に非は全《まった》くございません。今回の騒動、すべての原因は、ベゼッセンにございます」

「ベゼッセン？　今回の騒動は、ベゼッセンが仕掛けたことだと？」

クロエの問いに、「そうだ」とコンラードは首を縦に振る。

「どうやら、ベゼッセンはまだこの国をあきらめていないようでな。偽の光の巫女——つまりは王太子妃だな。それを仕立て上げ、ルルディ国王に近づいて暗殺させる。もし失敗したとしても、ルルディ国王が、権威を示すために偽の光の巫女をでっち上げた、と糾弾《きゅうだん》するつもりだったらしい」

「先ほど、泳がせていたとおっしゃられましたね。ということは、王太子はこのことをご存じだったと？」

「ベゼッセン側がやたらと滞在期間を延ばそうとするんでな。怪しいと思って調べた結果、今回の計画を知ったんだ。そちらが送ってきた騎士は拘束《こうそく》されそうになっていたところを助けておいたぞ」

いつまで経っても戻ってこないと思えば、拘束されそうになっていたとは。王太子が保護してくれなかったら、騎士は殺されていたかもしれない。

それにしても、ベゼッセンの計画は呆《あき》れるほどにずさんだ。どうしてうまくいくと思ったのだろう。

「お嬢ちゃん、クロエっていったか。お前の気持ちはよくわかるぞ。俺も思う。こいつらバカなんじゃねえ？　て。もういい加減うっとうしいから、頭をすげ替えようかって話してるんだ。あそこの王太子はバカだが、第三王子がまともそうなんだよ。いま、エミディオが勧誘してる」

世間話の延長みたいに語られる内容がとてもきな臭《くさ》くて、クロエは返す言葉を失って凍り付く。

ベゼッセンの頭をすげ替えるって。しかも、王太子じゃなくて第三王子を勧誘中って。そんなこと、ぺらぺらとしゃべっていいのだろうか。心なし、アルセニオスたちの笑顔も引きつっているように思う。

三人の戸惑いに気づかず、コンラードは「まぁそれは置いておいて」と、話をぶった切った。

「陛下とデメトリには、弟と義妹《ぎまい》がお世話になったからな。これくらいで返せる恩じゃないって、思ってる」

そう言って、コンラードは笑う。慈《いつく》しみに満ちた、心温まる笑顔だった。

アルセニオスは視線を落として逡巡《しゅんじゅん》したあと、意を決したようにコンラードを見た。

「……あの方は、元気にしているか？」

あの方とは、いったい誰のことだろう。クロエの疑問に答えは提示されることなく、三人の会話は進んだ。

「元気ですよ。精一杯、母親してます」

「母親!?」と、アルセニオスとデメトリが声を合わせる。

「子が……できたのか？」

感極まったように声を震わせて、アルセニオスが問いかける。コンラードは目尻を下げてうなずいた。

「そうです。半年ほど前に、男の子が。ちゃんと元気な子供を産めるのか不安だったようですが、周りがびっくりするくらい元気な子供ですよ」

アルセニオスとデメトリは顔を見合わせ、それはそれはうれしそうに笑い合った。

「あの子は、アレサンドリで幸せに過ごしています。ですから陛下、安心して、これからはご自分の幸せを見つけてください。義妹も、弟も、それを願ってる」

コンラードはアルセニオスの横に控えるクロエをちらりと見て、意味深に片目をつむった。

アルセニオスもクロエへと振り返って、すぐに前へと向きなおると、コンラードの言葉をかみしめるようにゆっくりとうなずいた。

「……では、俺はこれからの段取りを相談してきます。偽の光の巫女については、我々にお任せください。本物の王太子夫妻は、今回の落とし前を見届けてから、この国を訪問させていただきます」

「あいわかった。王太子ご夫妻の訪問を、我らルルディの民は心よりお待ち申し上げている。そう、伝えてくれ」

「ありがとうございます。ふたりとも、喜ぶことでしょう。では、これにて失礼いたします」

コンラードは慣れた所作《しょさ》で紳士の礼をすると、部屋を辞した。体格や言葉遣いからはとうてい貴族には見えないのに、礼儀作法《れいぎさほう》は完璧《かんぺき》で、高位の貴族であるとすぐにわかる。

コンラード・ルビーニという人は、とても不思議な人だ――クロエはそう思った。

「それで、デメトリ。例の手紙は見つかったのか？」

「はい。クロエが教えてくれた金庫の中にありました。そのほかにも数点の書類が収めてあったので、確認したところ、これを見つけました」

デメトリは二枚の書状を手渡した。

一枚は、二年前アティナがアルセニオスへと送り、当人ではなくヨルゴスの手に渡った手紙。

そして、もうひとつは――

「これは……そうか。これを手に入れるために、ヨルゴスは水面下で動いていたんだな」

「はい。そして、これを私が手に入れたから、襲撃を受けたのだと思います」

アルセニオスは目をとじて長い息を吐く。ふたつの書状を折りたたみ、決してなくすまいとコートの胸元にしまい込んだ。

「クロエ、デメトリ」

「はい」

呼びかけに、ふたりは声をそろえて返事をする。

アルセニオスはもう一度息を吐いて、言った。

「行くぞ、ヨルゴスに会う」

「我らが主の御心のままに」

クロエとデメトリはそう答え、部屋の扉を開けはなったのだった。


王都へ戻ってきたアルセニオスは王城へ向かわず、直接ヘッケルト家の屋敷へ向かった。

なんの前触れもなく、しかも深夜というありえない時間帯の訪問を受け、屋敷内は騒然となった。

そんな中、目的の人物だけは、いつもと変わらない様子で出迎えた。

「これはこれは、陛下。こんな夜分に訪れるなんて、なにか問題でもありましたでしょうか」

ヨルゴスの私室へ通されたアルセニオスは、勧められるまま応接用のソファに座り、ローテーブルを挟んでヨルゴスと対峙《たいじ》した。

クロエがお茶を用意し終えるのを待って、アルセニオスは口を開いた。

「問題があると言えば、ある。だが、どちらかというと、答え合わせをしにきたんだ」

「答え合わせ、ですか？」と、ヨルゴスはしわだらけの目を見開く。

アルセニオスは、デメトリが命がけで手に入れてきた、アティナの手紙を見せた。

「おやまぁ。これはたしか、金庫に保管してあったはずなのですが……クロエ、お前が教えたんだな」

ヨルゴスの口調にたしなめる響きはあれど、焦りや怒りといった感情は混じっていない。

「これは、クロエの記憶をもとに手に入れた、アティナ様が俺に送ったはずの手紙だ。ヨルゴス。お前は二年前、俺とアティナ様が連絡を取り合えないよう、妨害をしたんだな」

ヨルゴスは視線を落とし、テーブルに広げられたアティナの手紙に指先を触れさせる。

「……ええ。その通りでございます。王女殿下は災厄《さいやく》の種にしかならない。私はそう判断いたしました。ゆえに、妨害したのです」

悪びれるでもなく断言するのは、自分は間違っていないと信じ切っているからだろう。

クロエもデメトリも、もしかしたらアルセニオスさえも、ヨルゴスの行動を間違いだとは言えない。政治とは、そういうものだから。

しかし、この質問はあくまで序章でしかない。本題はこれからだ。

アルセニオスは上着の胸元から、もう一枚の紙を取り出し、ローテーブルに広げた。

一枚の、縦に長い紙には、いくつもの名前が並んでいる。そのどれもこれも、国政を握る有力貴族の名前だった。

「これは、連名書だ。俺を排除《はいじょ》して、君主のいない国――共和制国家を樹立すると書かれている。聖王女の騎士に情報を流し、俺の暗殺を企《くわだ》てたのはお前だな、ヨルゴス」

ヨルゴスはテーブルの連名書を見つめている。そうそうたる面々の名が刻まれた書状からゆっくりと視線を外した彼は、観念したのか、言い逃れすることもなく「そうです」と認めた。

「陛下はまだまだお若い。騎士としての経験は積んでおりますが、為政者《いせいしゃ》としては経験も知識も圧倒的に足りません。また、陛下は代々騎士団長を務めてきたフロステル家の人間です。そんな方が国王になれば、軍部が力を持ちすぎるかもしれない」

「それだけではありません」と、ヨルゴスはいかにアルセニオスが国王にふさわしくないか、を並べ立てる。

「王女殿下は処刑するべきではなかった。どんなにいやがられようとも、国のことを思えば妃《きさき》にするべきだったのです。フィニカの領主のこともです。ひとりで勝手にお決めにならず、きちんと我々の意見を――」

「もういい」

どこまでも続く不満を、アルセニオスは遮《さえぎ》る。しかし、侮辱《ぶじょく》されて憤《いきどお》るでもなく、静かに片手を連名書の上に載せた。

「俺に為政者としての経験や知識が足りないことは重々承知している。軍部に力が偏《かたよ》るのではと危惧《きぐ》する気持ちも理解できよう。だがな、国が疲弊《ひへい》した現状で俺まで倒れれば、民たちはさらなる混乱に陥《おちい》り、国は瓦解《がかい》するだろう。共和制なんて、夢のまた夢だ！」

テーブルに載せた手を横に払い、連名書が宙を舞った。

「将来的に、国王が必要なくなるというのなら、俺は喜んで退こう。しかし、それはいまじゃない！　俺以外に王にふさわしい者がいるなら王位をゆずったっていい。だがな、国の、国民の未来を考えない者なぞに、王位は決して譲《ゆず》るつもりはない！」

力強く言い切ると、アルセニオスはわずかに息を切らしていた。そんな彼を、ヨルゴスはどこか満足げに見つめている。

乱れた息と心を落ち着かせるように、アルセニオスは細く長い息を吐いた。

「……いい加減、こんな茶番は終わりにしよう。本当のことを話せ、ヨルゴス」

「本当のこと？　はて、なんのことでしょう。私はただの裏切り者ですよ」

「ふざけたことを言うな！　お前はいつだって、国のことを第一に考える忠臣だ。反国王派だの、共和制だのは、すべて嘘っぱちだろう」

わずかだが、ヨルゴスの眉《まゆ》がひくついたのを、クロエは見逃さなかった。

「すべてはこの連名書を手に入れるための策略だ。俺を廃そうと考えている者、俺に代わって王位を手に入れようとする者をあぶり出し、誘導するため、お前は自ら反国王派筆頭のふりをしたんだ」

アルセニオスを暗殺し、共和制国家を作る——その嘘を信じこませるため、ヨルゴスは毒を盛り、暗殺者を仕向け、さらに『聖王女の騎士』というあたかも民衆の不満を体言化したような存在をでっち上げた。

しかし、アルセニオスを殺すつもりなんてこれっぽっちもなく、自分が仕向けた罠《わな》から守るため、クロエをそばに置いた。イオセフに暗殺を命じなかったことからも、それがうかがえる。

「この連名書は、ここに名を書いた貴族たちにとってとんでもない弱みだ。公表されれば、反逆罪で一族郎党《いちぞくろうとう》すべからく処刑だからな」

「おかげで、それを手に入れた私は何者かに襲われましたよ。この連名書を書いた者の中には、おじいさまの企《たくら》みに感づいていた者もいたのでしょうね」

床に落ちた連名書を、デメトリが拾い上げる。

「俺に弱みを握らせて、貴族を掌握《しょうあく》させたかったんだろう、ヨルゴス。わざわざクロエの記憶の中に鍵《かぎ》を仕込んで、ずいぶんと手の込んだ真似《まね》をしてくれたな」

連名書を受け取ったアルセニオスは、それをヨルゴスの目の前に掲げて見せた。

「お前の望み通り、俺たちはこれにたどり着いた。おら、いい加減、答えを聞かせろ」

アルセニオスとヨルゴスは連名書を挟んで見つめ合う。永遠にも感じた長い沈黙を破ったのは、ヨルゴスの笑い声だった。

最初は鼻で笑うだけだったのが次第に強くなり、最後は天井を仰《あお》いで笑った。

「お見事です、陛下。此度《こたび》のこと、私がすべて仕組みました。カルピオマ辺境伯にも、少し協力していただきましたがね。あの方は、私の願いを聞き届けてくれたのです。どうか、責めるなら私だけを」

「偽の王太子妃についてはどうなんだ？」

「あの騒動に私は関わっておりません。予定外でしたが、うまい具合に不信感をあおってくれました」

アルセニオスの予想は当たっていた。しかし、彼の表情はさえない。

「どうしてだ？　ヨルゴス。わざわざこんなことをしなくとも、時間をかければ貴族たちをまとめることができたはずだ。なにがお前を焦らせた？」

連名書がアルセニオスの手に渡った。それはきっと、デメトリを襲撃した人物から記名した全員へ伝わることだろう。彼らはもう、アルセニオスに逆らうことなどできない。

けれども、必ずしも連名書は必要ではなかった。

二年前に国内を襲った食糧危機から少しずつだが立ち直りはじめ、国民は平穏な日々を取り戻しつつある。

罪を犯すほど焦る必要など、なかったのだ。

「…………罰が、ほしかったのですよ」

ヨルゴスの答えは、誰も予想だにしないものだった。

「二年前の革命のとき、私はアティナ王女殿下を排除するべきだと考えました。生きて捕らえ、妃《きさき》にという話は上がっておりましたが、脆弱《ぜいじゃく》な身体《からだ》を持ち、なんの責任も負わずに小さな領地にひきこもっていた王女など、邪魔なだけだと判断したのです」

けれど、ヨルゴスはこれといって手は打たなかった。彼が動かずとも、前バリシア領主がなにやら動いているようだとつかんでいたから。アルセニオスとアティナの対立がこのまま深まればいいと思っていた。

しかし、一通だけ。バリシア領主の手を逃れて王都まで届いた手紙があった。

ヨルゴスはそれを手に入れ、隠匿《いんとく》した。どうせくだらない命乞《いのちご》いの手紙だろうと思ったから。

「けれどその手紙には、命乞いの言葉などひとつも書かれていなかったのです。ただただ、国の未来と、領民の命、そして、愛するひとの無事を祈るのみでした。それらが叶うならば、自分の命を差し出してもいい。すべての責任を自分になすりつけていいから、大切な人々を守ってほしいと書いてあったのです」

手紙を読んだヨルゴスは、すぐに自分の考えを改めた。王族の資質を持つアティナをなんとしてもアルセニオスの妃にしなければ。そう思ったのに——

「王女殿下は処刑されました」

間に合わなかった。

かけがえのない、高潔な精神を持つ人だったのに、ヨルゴスの一方的な判断で、死なせてしまった。いや、ヨルゴスが殺したと言ってもいいだろう。

「私が手紙を隠したりしなければ、王女殿下は処刑されずにすんだのでは。そのような想いが、ずっと胸にくすぶっておったのです」

ヨルゴスはテーブルの上の連名書に、両手を載せる。

「これは、私の償《つぐな》いなのです。王女殿下を死なせた私は、せめて、あの方の望みを叶えたい」

アティナが願ったのは、国の、民の安寧《あんねい》。

「そして叶うなら、罰を受けたいのです」

だからヨルゴスは、新たな罪を犯した。

一日でも早く、国が安定するように。

「よくぞ、私の罪を暴いてくださいました。どのような罰でも甘んじて受けましょう」

ずっと胸の内に秘めていた罪を懺悔《ざんげ》し、ヨルゴスは晴れやかな顔でアルセニオスの言葉を待つ。

国のために尽くし、まだまだふがいない国王を導いてくれたであろう忠臣を失う痛みに耐えながら、アルセニオスは、告げた。

「連名書の効力を最大限に生かすには、それ相応の罪をお前に与えなくてはならない。ヨルゴス、お前から宰相《さいしょう》の職をとく。生涯領地にて幽閉《ゆうへい》。現ヘッケルト侯爵も、領地から出ることを禁ずる」

現在侯爵位を賜《たまわ》っているのは、クロエの父だ。つまり、ヨルゴスとクロエの父は、ふたりそろって領地で一生を過ごすことになる。

領地と爵位を剝奪《はくだつ》されなかっただけ、恩情のある罰に思える。だが、長年国の中枢《ちゅうすう》に関わってきた人間が、国政から閉め出されるのだ。決して軽い罰とは言えない。

「謹《つつし》んでお受けしましょう。ただ、ひとつ教えていただきたいことがございます」

「なんだ?」と、アルセニオスは目を細める。

ヨルゴスはまるで弟子《でし》に最後の問題を投げかける師のように、問うた。

「私が退いたあと、誰が宰相の職に就《つ》くのでしょう?」

「そんなもの、決まっている。デメトリの父だ。そうすれば、将来的にデメトリが宰相になる道が開けるからな。ヘッケルト家の分家ゆえ爵位は低いが、近々、宰相として箔《はく》がつく爵位を授けようと思う」

「それはそれは、英断でございます。これにて、私はなんの憂《うれ》いもなく隠居《いんきょ》できます」

満足いく答えを手に入れたのだろう。むしろ、最初からこうなるよう仕組まれていた気がする。

「お前の息子はいいのか？　特別な許可がない限り、もう二度と王都へ上がれないのだぞ」

アルセニオスの懸念《けねん》を、ヨルゴスは笑って否定した。

「長男は優秀ですが気が小さいのです。互いの腹を探り、蹴落《けお》としあう国政より、ひとり静かに自分の領地を運営する方が性《しょう》に合っています。きっと喜ぶことでしょう」

ヨルゴスの主張に、クロエも全面的に同意した。

クロエの父はよく、領地に引っ込みたいと言っていた。とても優しいのだけど、頭のいい人でもあるから、相手の裏の顔がわかってしまうのだ。それを突っぱねね、時には利用するだけのしたたかさが、父にはなかった。

そういう点では、クロエの父よりもデメトリの父の方が向いているだろう。あの人は他人の弱みを握ってじわじわといじめることが趣味、というところがある。

「次男であれば、必ずやあなた様の力になることでしょう。デメトリ共々、どうかよろしくお願いします」

「……長年の国への忠義、ご苦労であった。これからは、ゆっくり休め」

その言葉を最後に、アルセニオスはヘッケルト家を去った。

「アルセニオス様、ひとつ、教えてほしいことがあります」

その日の夜。クロエは問いかけた。

場所は国王の寝室。ふたりとも寝る準備を整えて、ベッドの上で向き合っている。クロエは正座で、アルセニオスは胡坐《あぐら》をかいていた。

寝る前に、こうやって一日の報告をしあうのがふたりの日課だった。だからアルセニオスは、かしこまるクロエを警戒するでもなく、「なんだ」と気安く許可を出した。

クロエは身を乗り出し、絞《しぼ》った声で告げた。

「王女殿下は、生きておられますね?」

眠たそうに首をかいていたアルセニオスは目を見開き、同じように身を乗り出した。

「どうしてそう思った?」

声量をおさえた声は、クロエの覚悟を問うかのように鋭い。これを聞けば、後戻りできないぞ、と言いたいのだろう。しかし、自分はもうアルセニオスを主と認めている。離れるつもりなど毛頭《もうとう》ない。

だから、自分の考えを話した。

「最初に気づいたのは、クリスト様が見せてくださった、王女殿下直筆の手紙です。あの手紙には、クリスト様の結婚を祝う言葉が記されておりました。しかし、クリスト様がご結婚されたのは、領主になられてから。つまり、そのころには王女殿下は亡くなっているはずなのです」

記してあったのは結婚の祝いだけで、アティナの近況を伝えるような内容はなかった。きっとクリストの方も気を付けて、数枚届いた手紙の内の一枚、見られたところで問題にならないであろう一枚を選んだのだ。

もしくは、アティナが処刑されるに至った経緯を知るクロエならば、彼女が生きているという事実も把握《はあく》しているると思ったのかもしれない。

「もしかしたら、先に婚約だけ結んでいたのかもしれない。手紙を読んだ時点ではそう考えました。しかし、確信する出来事がありました。それは、コンラード様のお話をうかがったときです」

あのときコンラードは、義妹《ぎまい》に子供が生まれたと話した。義妹とは、つまり弟の妻。弟とは、ルルディに薬師《くすし》として滞在していたルイスのことだろう。そう、アティナの恋人だった男性だ。アレサンドリへ戻ったルイスが、新しい恋を見つけて幸せをつかんだ可能性もある。しかし、クロエは義妹がアティナであると確信していた。

なぜなら——

「アルセニオス様が『あの方』と呼び、その幸せを自分のことのように喜ぶのは、王女殿下以外、考えられないのです」

クロエの主がアルセニオスであるように。

アルセニオスの主は、アティナだ。

たとえ離れようとも彼の忠義は変わらず、アティナの幸せをいつも願っている。

クロエの話を静かに聞いていたアルセニオスは、ふっと、笑みをこぼした。

「お前の予想通りだ。アティナ様は、生きている。死んだと見せかけて逃がし、薬師殿とともにアレサンドリで暮らしている」

目を閉じて、アルセニオスは語る。それはそれは、嬉しそうに。

「あの方は、成人まで生きられないと言われていた。だから、母親になったと聞いて、本当に、よかったと思う」

「このことを、公表するつもりはないのですか？　せめて、王女殿下を心から慕《した》う人々に、真実を教えては……」

アルセニオスは首を横に振る。

「秘密を知るものが増えれば増えるほど、それが明るみに出る可能性が高くなる。あの方の自由を、壊すような真似《まね》はできない」

クロエ自身、わかっている。アティナの生存など、公表されるべきではない。してはならない。彼女は処刑され、死んだからこそ、いまのこの国があるのだから。

「でも、アルセニオス様は……罪を、恨みを、背負うことになります」

アルセニオスは魔王なんかじゃない。心に決めた主と、この国に生きる民のために、その身を犠牲《ぎせい》にする忠節の人だ。

　こんなに優しい人を、クロエは知らない。

　それなのに、誤解されたままなのは、とても悲しい。

「いいんだ、クロエ。俺は、魔王のままでいい」

　アルセニオスの腕が伸びる。そのまま、クロエを抱きしめた。

「本当の俺を知って、俺のことを思って涙してくれるお前がいる。それだけでいい」

　彼の唇が瞼《まぶた》に落ちて、自分が泣いていることに初めて気づいた。

「お前が俺を信じてくれている限り、俺は前を向いて走り続けられる。クロエ、これからも、ずっと俺のそばにいてくれ」

「もちろんです。私は、アルセニオス様の騎士ですから」

　即答すると、彼は小さく笑う。顔は見えないけれど、なんだか落胆《らくたん》しているように感じた。

「アルセニオスさ――わっ！」

　気になって顔を覗《のぞ》こうとしたら、抱きしめたままアルセニオスが横になった。必然的に、クロエも倒れる。

「なぁ、クロエ。お前に甘えてもいいか？　今夜はこのまま、お前のぬくもりを感じながら眠りたい」

　まるでロマンス小説の登場人物のような甘いセリフに、頬《ほお》が熱くなる。しかし、抵抗はしない。

甘えたい——それは魔法の言葉だ。そう言われると、クロエから否《いな》やの言葉は消え失せるから。

「……わかりました。今夜だけですよ」

一応、釘はさしつつも承諾《しょうだく》すると、アルセニオスは少し幼い笑みを浮かべる。

アルセニオスのぬくもりは自分で思っていた以上に心地よく、その夜は、いつにもましてよく眠れたのだった。

後日、ヨルゴスとクロエの父は、王都に構えたヘッケルト家の屋敷を出て、領地へ帰って行った。

彼らがなぜ領地へ帰ることになったのか、詳しい理由は公表されていない。そうすると、連名書についても公表しなくてはならないからだ。あくまでも今回のことは、ヨルゴスが自主的に職を辞した、という形をとっている。

しかし、連名書に名前を連ねた者たちには、隠された真実など簡単に想像できるだろう。それでいい。それぐらいが、脅《おど》しとしてはちょうどいい。

偽の王太子妃について、あのあとコンラードから王太子エミディオへと話が伝わり、糾弾《きゅうだん》を受けたベゼッセンは、適当な貴族に罪をなすりつけて処刑した。いわゆる、トカゲのしっぽ切りというやつだ。

少々わだかまりが残る結末だが、こちらも便乗させてもらうことにした。

聖王女の騎士は、ルルディの混乱を望むベゼッセンが放った間諜《かんちょう》だった。ということにしたのだ。

実行犯は、ベゼッセンで黒幕と一緒に処刑され、生き残ってはいない。

こうして聖王女の騎士を公《おおやけ》に壊滅させたことにより、無事、ニコラスが王都へ上ってきた。ちょこちょことくだらないちょっかいをかけてくるが、父親の評価通り優秀な男だった。

また、跡継ぎである長男がアルセニオスの腹心となったため、カルピオマ辺境伯がアルセニオスについた、と他辺境伯が判断したようで、最近は辺境伯との交渉がスムーズになったらしい。

バリシア領主は偽の王太子妃に逆らえず、結果的に陰謀《いんぼう》に加担してしまったとして、領主の任を解かれた。新しい領主にはクリストが任命され、バリシア領をフィニカ領が吸収し、ひとつの領地として治めることになった。

そして最後に、イオセフについてだが、聖王女の騎士はベゼッセンの間諜と発表したため、彼の存在は公になっていない。しかし、なにも罰を与えないというのは本人のためにはならない。

と、いうわけで、イオセフは近衛《このえ》騎士団の下っ端に放り込まれることになった。

しかも、近衛騎士団の中でも平民出身の者たちが集まる部隊の所属だ。つまり、部隊内で貴族であるイオセフに対する風当たりは非常に強くなる。クロエの騎士となりたいならば、厳しい環境から這《は》い上がってこい、というアルセニオスのお達しだった。

ちなみに、一緒に聖王女の騎士の活動を行っていた部下たちは、イオセフにどこまでもついて行きたいと望んだもののそれは許されず、カルピオマ辺境伯の軍へ戻された。イオセフが実力だけでのし上がったのち、彼らを部下として引き抜くように、とのことらしい。

イオセフの気取らない性格であれば部隊の騎士たちともすぐ打ち解けるだろうし、実力は十分備わっている。案外さっさと部下を呼び寄せられるんじゃないだろうか、とクロエは思った。

クロエは緊張の面持《おもも》ちで、謁見《えっけん》の間にいた。

ルルディ国王城の謁見の間は、他国に見劣りしない豪華さを誇る。

高い天井には典雅《てんが》な絵が描かれ、壁にいくつもはめ込まれたガラスから日光がさんさんと入り込んでいる。床はつややかなタイルでできており、国花であるリンネをモチーフにした絵が描いてあった。

部屋の奥の数段高くなった場所には、ひときわ輝く金色の椅子《いす》――玉座があり、アルセニオスが腰掛けている。

玉座の隣には、同じようなデザインでありながらひとまわり小さい椅子――王妃の椅子が置いてある。クロエは将来の王妃（仮）だが、いまはまだ婚約者でしかないため、椅子には座らず、アルセニオスの斜め後ろに立ったまま控えた。

扉から玉座までをつなぐ絨毯《じゅうたん》を挟むように、貴族たちが整列している。その中には、デメトリとニコラスの姿が、そしてさらに背後を固める騎士の中に、イオセフの姿があった。

全員が全員、直立不動で扉の向こうの気配を探り、目的の人物――アレサンドリ神国王太子夫妻が現れるのを待っていた。

「アレサンドリ神国、王太子殿下並びに、王太子妃殿下のおなりでございます！」

扉の向こうで待機する騎士がふたりの到着を伝える。わずかの間のあと、両開きの扉が大きく開け放たれた。

扉の向こうに、光の塊《かたまり》がある。クロエはまず、そう思った。

金と白金、ふたつの光が、そこに立っていたから。

光の正体は、王太子と王太子妃、ふたりの髪の毛だった。王太子は流れ星をより集めたかのような、美しい白金の髪をしていた。そして王太子妃は、まさに夕焼けに輝く秋の稲穂のごとき、温かくも神々《こうごう》しい金の髪だった。

ゆるやかなウェーブを描く髪は結い上げることなくおろし、小さな顔をさらに小さくみせている。

空色の瞳はどこまでも澄みわたり、一度目が合えばそこから引きはがすことが難しい。その瞳に自分の姿を映したい。そんな欲求がこみあがった。

淡く光を放って見える白い肌、たやすく折れそうな細い手足は、庇護《ひご》欲をそそった。

コンラードは、偽の王太子妃に対して身の程知らずだと言った。

まさにその通りだ。これほど完璧《かんぺき》な美しさを持つ女性が、この世にいるだろうか。

彼女はまさに、美の女神に愛されし人。いや、彼女こそが美の女神そのものだ。

「め、女神様……」

貴族の誰かがそうつぶやく。するとそれを合図としたかのように、謁見の間にいる者たちが次々に跪《ひざまず》いた。

クロエも同じように跪きたいと思った。膝をつき、頭《こうべ》を垂れて、王太子妃の言葉を聞きたい。

そんな欲求に駆られ、しかし、必死に耐えた。

アルセニオスが、アルセニオスだけは、じっと立ち続けているから。

彼はこの国の王だ。国王が、人前で跪くなんてありえない。

そしてクロエも、仮初《かりそ》めとはいえ、アルセニオスの婚約者である。つまり、未来の王妃なのだ。

そんな自分が、夫以外に膝をつくなんて、あってはならない。

ゆっくりと、もったいぶるように歩いてきた王太子夫妻は、玉座の手前で立ち止まり、礼を取った。

「お初にお目にかかります。ルルディ国王よ。私はエミディオ・ディ・アレサンドリと申します。以後、お見知りおきを。そしてこちらが、私の妻、ビオレッタです」

「国王陛下、そして婚約者様、初めまして。ビオレッタ・ディ・アレサンドリと申します」

同性であるクロエでさえ見惚《みほ》れるほど、可憐《かれん》な淑女《しゆくじよ》の礼をして、王太子妃ビオレッタは顔を上げる。吸い込まれそうな空色の瞳を巡らせ、アルセニオスをとらえるなり、目を見開いた。

「なんてこと……」

そう、小さくビオレッタはつぶやいた。

ささやかな声を拾ったクロエとアルセニオスは、身体《からだ》をこわばらせる。

もしや、偽の王太子妃と同じように闇に包まれているとでも言うのだろうか。

最悪の事態を想像して緊張するふたりへ、ビオレッタは言った。

「闇の精霊がいっぱい……なんて素晴らしいの！」

「…………え?」と、クロエとアルセニオスの声が重なった。

「国王陛下の周りを、闇の精霊が飛び交っているのです。あぁ、なんて安らかな空気の持ち主なの！　うっかり近寄って永眠してしまいそうだわ」

ビオレッタは胸元で両手を握りしめ、早口でまくし立てる。その横では、王太子エミディオが頭を抱えていた。

言っていることは意味不明だが、おそらくは、アルセニオスを褒《ほ》めているのだろう。というか、うっかり永眠って、だめなんじゃないだろうか。

「はあぁぁ……、いいですね、いいですね。みんなゆったりのんびりしていて、幸せそうです。闇の精霊がこんなに落ち着ける空気を放つなんて、国王陛下はさぞお優しい方なのでしょう。ルルディ国の民は幸せですね」

クロエたちの困惑をよそに、ビオレッタの怒濤《どとう》の語りは続いていく。やっぱり意味がわからないが、アルセニオスを国王として認め、さらにそこに暮らす民は幸せだとまで言ってくれた。

これで、アレサンドリとの関係はひとまず安心できるだろう。

あとは、止まることなく語り続けるビオレッタをどうやって正気に戻すか、だ。

悩んでいると、エミディオが動いた。

「ビオレッタ」

たった一言、名前を呼ぶ。ただそれだけで、ビオレッタの口が止まった。口だけじゃない、彼女の時間が止まった。

「ビオレッタ、こちらを向きなさい」

ビオレッタはさび付いたねじのように、ぎこちない動きでエミディオへと顔を向けた。

「あなた、まさかルルディ国王陛下のそばで精霊と戯《たわむ》れたいとか思っていませんよね？」

「な、なにを言って……」

「私みたいにまぶしくなく、目に優しくていいな。とか思ってませんよねぇ？」

「ひいぃっ……」と、ビオレッタが引きつった声をあげた。つまり、思っていたということだろうか？

まったくもって意味不明だが、エミディオの機嫌が急降下したのだけはわかった。笑顔に変化はないのに、クロエの背中に怖気《おぞけ》が走った。

「あんまりふざけていると、精霊断ちをさせますよ？」

「ひいいいぃっ、それだけは、ご勘弁《かんべん》を！」

「だったらさっさと仕事をしなさい」

「は、はい。します！」

元気よく返事をすると、ビオレッタは背筋を伸ばしてこちらへ向き直った。

ビオレッタがしゃんとしたのを確認してから、エミディオは口を開く。

「このたび、国王陛下が婚約されたとうかがいました。つきましては、両国の友好の証《あかし》として、光の巫女《みこ》でもある私の妻から、祝福を差し上げたいと思います」

「祝福？」

アルセニオスがつぶやき、クロエへ振り向く。目を合わせ、互いに首を傾げた。

「アレサンドリ神国では、結婚や出産など、人生の転機を迎えた際、光の巫女より祝福の光をいただくのです。そちらがなにか口上《こうじょう》を述べる必要はありません。ただ、光を賜《たまわ》るだけですから」

アレサンドリの王族は、光の神を祖先に持つと言われている。光の神の祝福をいただくということは、彼《か》の国の祖先に認められるということだろう。

友好の証として、これ以上素晴らしいものはない。ありがたく受けとることにした。

エミディオの指示に従い、クロエとアルセニオスは玉座の前で向かい合い、互いの両手を握る。

ビオレッタはこちらへ近寄ってくることなくその場で両手を組み、祈り始めた。

『互いを想いあうふたりに、祝福の光を。ふたりの幸せが、末永く続きますように』

柔《やわ》らかな、耳に心地いい不思議な言葉で文言を唱えると、クロエたちの周りを、無数の光の粒が包んだ。

先ほどまでなにも光っていなかった。そもそも、光を放つようなものなど、なにひとつなかったというのに。

はらはら、はらはらと、粉雪に似た光の粒が、ふたりの周りを漂っている。魔法としか思えない、幻想的な光景の中、アルセニオスと目が合う。

「きれいだな、クロエ」

祝福の光のことを言っている。そうわかっていても、なぜだか胸の鼓動が強まった。顔が熱をもち始めたのがわかって、慌てて天井を仰《あお》ぎ見る。

星が降る。その言葉がぴったりな光景を見ながら、クロエはふと、気づいた。


あれ、これって、外堀が埋まっていないか？


「アルセニオス様！」

王太子夫妻との謁見《えっけん》が終わり、執務室まで戻ってきたクロエは、アルセニオスを詰問《きつもん》した。

「祝福なんて受けちゃって、どうするんですか！　私たちの婚約は仮初《かりそ》めなんですよ？　このままでは、あとで婚約破棄《はき》できなくなります！」

「そうか……それもそうだなぁ」と、アルセニオスは両腕をくむ。

「ところでな、クロエ」

せっかく祝福してもらった婚約を破棄してしまったら、両国の関係にひびが入ってしまうだろうか、と心配しているところへ、アルセニオスが声をかける。

振り向けば、いつになく真剣な表情の彼が、まるで子供に言い聞かせるみたいにゆっくりと語りだした。

「俺はいままで、主のため、国のために生きてきた。でも、ひとつ、どうしても手に入れたいものができたんだ」

「どうしても手に入れたいもの、ですか」

それはいったいなんなのだろう。アルセニオスは国のために自分を犠牲《ぎせい》にしているような人だから、ぜひとも手に入れてほしい。

「こちらから近づくと、びっくりして逃げ出しそうだったんでな。ずっと様子を見てきたんだよ」

「はぁ……それはつまり、生き物ですか？」

「そうだ。素直でお馬鹿で、感心するくらいにいつも前だけを見ている」

「……なんだか、イノシシみたいですね」

「確かに似ているところはあるが、イノシシよりもずっとかわいらしいぞ。触り心地もいい。抱きしめると、ほっとするんだ」

クロエは首を傾げた。自分はそこそこの時間をアルセニオスと一緒に過ごしている。けれど、彼がなにか動物を抱きしめている姿を、見た覚えがない。

いったいどんな生き物なのだろう。アルセニオスは答えを提示することなく、クロエの目をまっすぐに見つめた。

「こんな感情は初めてなんだ。だから、なんとしても手に入れようと思う。もちろん、クロエは協力してくれるな？」
「はい。それがアルセニオス様の望みであれば。私は全力でそれを叶えます」
クロエが承諾《しょうだく》すると、アルセニオスは「よかった」と満面の笑みを浮かべた。
その笑顔を見た瞬間、なぜだか背筋がぞくぞくした。
なんだか……答えを早まった気がする。まるで獅子ににらまれたうさぎの気分だ。
けれども不思議なことに、嫌な感じはしない。
むしろ、アルセニオスに見つめられて、胸がどきどきした。
なぜ胸が高鳴るのか、クロエが自覚するのはもう少し先のお話。
そして、着々と仮婚約の仮が消えつつあると気づくのは、もっともっと先だ。

新生ルルディ国の初代国王アルセニオス・フロステル・ルルディ。
革命を起こして王となった彼は、救国の英雄である。その一方で、苛烈《かれつ》な粛清《しゅくせい》により一部では魔王と恐れられていた。

しかし、変革後の新生ルルディ国は、とても穏やかな時代となった。アルセニオスは国内を安定させることに情熱を燃やし、前王の時代に疲弊《ひへい》した民へ安寧《あんねい》をもたらした。のちの世の大きな発展は、彼が国の基盤を強固にしたからこそ実現した、と言われている。

また、アルセニオスを語るうえで欠かせないのが、その妻クロエである。

彼女は侯爵令嬢として生まれながら剣を嗜《たしな》み、愛する夫と彼が大切にする国のためならば、自らも剣を持って戦場に立ったという。クロエの活躍は女性の社会進出を早め、それも新生ルルディ国の発展につながったと言えるだろう。

あとがき

こんにちは、秋杜《あきと》フユでございます。このたびは『イノシシ令嬢と不憫な魔王　目指せ、婚約破棄！』を手に取っていただき、誠にありがとうございます。

今回の主人公はお転婆《てんば》すぎて騎士になってしまった侯爵令嬢クロエと、良い人ゆえにいろいろと貧乏くじを引き続けた結果、魔王と呼ばれるアルセニオスのお話です。

前作『虚弱王女と口下手な薬師』に引き続き、ルルディ国でのお話です。時間軸《じく》としては前作から二年ほど経過しております。ちなみに、前作『虚弱王女と口下手な薬師』は、今作にてちょこちょこと話題に上がりました王女アティナが主人公を務めております。革命のなか、アルセニオスとアティナの間になにがあったのか。詳しくお知りになりたい方は、ぜひともお手に取ってくださいませ。

さらに、シリーズ第一作『ひきこもり姫と腹黒王子』ではアレサンドリ神国の王太子夫婦であるエミディオとビオレッタが、シリーズ第四作『こじらせシスコンと精霊の花嫁』では終盤にちらりと登場したコンラードが主役を務めております。そちらはアレサンドリ神国が舞台となっており、彼らがよく口にする精霊についても詳しく書いております。ご興味を持たれた方は、そちらもぜひ、よろしくお願いします。

　さてさて、今作の主人公アルセニオスは前作にも重要な人物として登場していたのですが、実はですね、前作の本当に初期、一番最初に原稿を書き上げた時点では、彼は歴史的に報われない最後を迎える人として書いておりました。本来は優しいのに非情な決断を繰り返した結果、心を壊していった人、みたいな。そうしたら担当様が「アルセニオスはみんなのために頑張った英雄なのにかわいそうすぎる」とおっしゃいまして、それもそうだなぁ、これはあくまで小説なのだからもっと幸せに溢《あふ》れていてもいいのかもしれない——と思い、アルセニオスの運命が変わりました。つらい決断をしても前を向き続ける強い人となったのです。

　担当様と今作の主人公を誰にするのか相談をした時、私も担当様もアルセニオスの名前をあげました。アティナを自由にするためにすべての責任を被《かぶ》った彼を、ぜひとも幸福にしたいと思ったのです。

　すでにアルセニオスが大きな問題を抱えておりますので、相手役まで思い悩んでいてはふたり一緒につぶれてしまうと、もうひとりの主人公であるクロエは自分の道を突き進む芯のある女性となりました。考えるより先に行動してしまう、明るく素直でまっすぐに物申すクロエが隣にいたら、アルセニオスの日々も明るくなるんじゃないかなぁと。

　クロエのキャラクターが決まった途端、私の脳内でクロエ、アルセニオス、デメトリのやり取りが思い浮かびました。破天荒《はてんこう》なクロエに神経質なデメトリがつっこみまくると予想していたのですが、私の脳内で彼はクロエを放置しておりました。ふたりは従兄妹《いとこ》ですので、デメトリもクロエの操縦方法を知っているというか、自分に被害が来ない限り放置するというスルースキルを身に着けていたんですよね。そのしわ寄せなのか、アルセニオスはつっこんでばかり。まさかのアルセニオスおかん化です。彼は本当にいい人だと思う。クロエとデメトリに対し、ひとつひとつきちんとつっこむんだもの。

今作はとっても愉快でした。どの作品も楽しんで書いているのですが、今回は悪ふざけがすごいというか、やりたい放題というか。いや、前作の続きなので『ひきこもり』シリーズの中ではテーマが重いんですけど、キャラクターがね、主にクロエとデメトリがね、のびのびと動き回っております。それこそアルセニオスのつっこみが追い付かないほどに。

題名を決めるときも、クロエを表す言葉はいくつか思い浮かんだというのに、アルセニオスを表す言葉が『おかん』以外に浮かばなかったという。類語辞書片手にさんざん悩んだのもいまではいい思い出です。

担当様、前回に引き続き、今作もぎりぎりのスケジュールのなか最後まで私を導いてくださりありがとうございます。担当様の一言がなければ、アルセニオスが主人公になることも、クロエが生まれることもなかったでしょう。登場人物の幸せを願ってもらえるというのは、ある意味生みの親である私にはとてもうれしいことです。いつも深い愛情をもってキャラクターたちを見守ってくださり、ありがとうございます。

　イラストを担当してくださいました、サカノ景子《けいこ》様。本当に、本当にお忙しい中、美麗《びれい》なイラストで彩《いろど》ってくださり、ありがとうございます。原稿をかきあげるたび、サカノさんはこの物語をどんな絵で表現してくださるんだろうと楽しみにしております。そして予想以上に素晴らしいイラストを見て、感動しております。本当に私は幸せ者です。

　そして最後に、この本を手に取ってくださいました読者の皆様、心より感謝申し上げます。また、いただいたお手紙はひとつひとつ何度も目を通して励《はげ》みにしております。本を手に取ってくださっただけでもありがたいのに、想いを言葉にして届けていただき、感無量です。

　誰かを救うために自らの心を傷つけ続けた人が、その痛みを認められることで癒《いや》されていくお話です。どんなに自分で正しいと思っていても、誰かがうなずいてくれなければ心は疲れるものだから。分かりきっていても、くどかったとしても、あなたは正しいと伝えるクロエのような人が、皆様の傍にもいらっしゃいますように。


　ではでは、次の作品でお目にかかれますことを、お祈り申し上げております。

秋杜フユ

※この作品はフィクションです。実在の人物・団体・事件などにはいっさい関係ありません。

この作品のご感想をお寄せください。

秋杜フユ先生へのお手紙のあて先

〒101―8050東京都千代田区一ツ橋2―5―10
集英社コバルト編集部　気付
秋杜フユ先生

あきと・ふゆ

２月28日生まれ。魚座。Ｏ型。三重県出身、在住。『幻領主の鳥籠』で2013年度ノベル大賞受賞。趣味はドライブ。運転するのもしてもらうのも大好きで、どちらにせよ大声で歌いまくる迷惑な人。カラオケ行きたい。最近コンビニの挽きたてコーヒーにはまり、立ち寄るたびに飲んでいる。

イノシシ令嬢と不憫な魔王

目指せ、婚約破棄！

COBALT-SERIES

2017年５月10日　第１刷発行

★定価はカバーに表示してあります

著　者　秋　杜　フ　ユ

発行者　北　畠　輝　幸

発行所　株式会社　集　英　社

〒101－8050

東京都千代田区一ツ橋２―５―10

電話　【編集部】03-3230-6268

【読者係】03-3230-6080

【販売部】03-3230-6393（書店専用）

印刷所　凸版印刷株式会社

ISBN978-4-08-608036-1　C0193

同じ世界観でおくる、涙と笑いのラブコメディ♥
ひきこもりシリーズ
秋杜フユ
イラスト／サカノ景子
ひきこもり姫と腹黒王子
vsヒミツの巫女と目の上のたんこぶ
ひきこもり神官と潔癖メイド
王弟殿下は花嫁をお探しです
妄想王女と清廉の騎士
それはナシです、王女様
こじらせシスコンと精霊の花嫁
恋の始まりはくちづけとともに
ひきこもり魔術師と社交界の薔薇
それで口説いてないなんて！
虚弱王女と口下手な薬師
告白が日課ですが、何か。